刘成浩诗词选集

刘成浩 著

中国书籍出版社
China Book Press

图书在版编目（CIP）数据

刘成浩诗词选集 / 刘成浩著 .—— 北京：中国书籍
出版社 ,2025.5.——ISBN 978-7-5241-0312-7

Ⅰ.I227

中国国家版本馆 CIP 数据核字第 2025JZ2079 号

刘成浩诗词选集

刘成浩　著

责任编辑	宋　然
责任印制	孙马飞　马　芝
策划统筹	黄　莽
封面设计	山水悟道
出版发行	中国书籍出版社
地　　址	北京市丰台区三路居路 97 号（邮编：100073）
电　　话	（010）52257143（总编室）　（010）52257140（发行部）
电子邮箱	eo@chinabp.com.cn
经　　销	全国新华书店
印　　刷	廊坊市燕京安全印务有限公司
开　　本	700 毫米 ×1000 毫米　1/16
字　　数	274 千字
印　　张	19
版　　次	2025 年 5 月第 1 版
印　　次	2025 年 5 月第 1 次印刷
书　　号	ISBN 978-7-5241-0312-7
定　　价	79.00 元

贺刘成浩先生诗词选集即将付梓（中华通韵）

欣然老柳长新枝，一样春风不会迟。
探向波心将更远，云于水底好清晰。

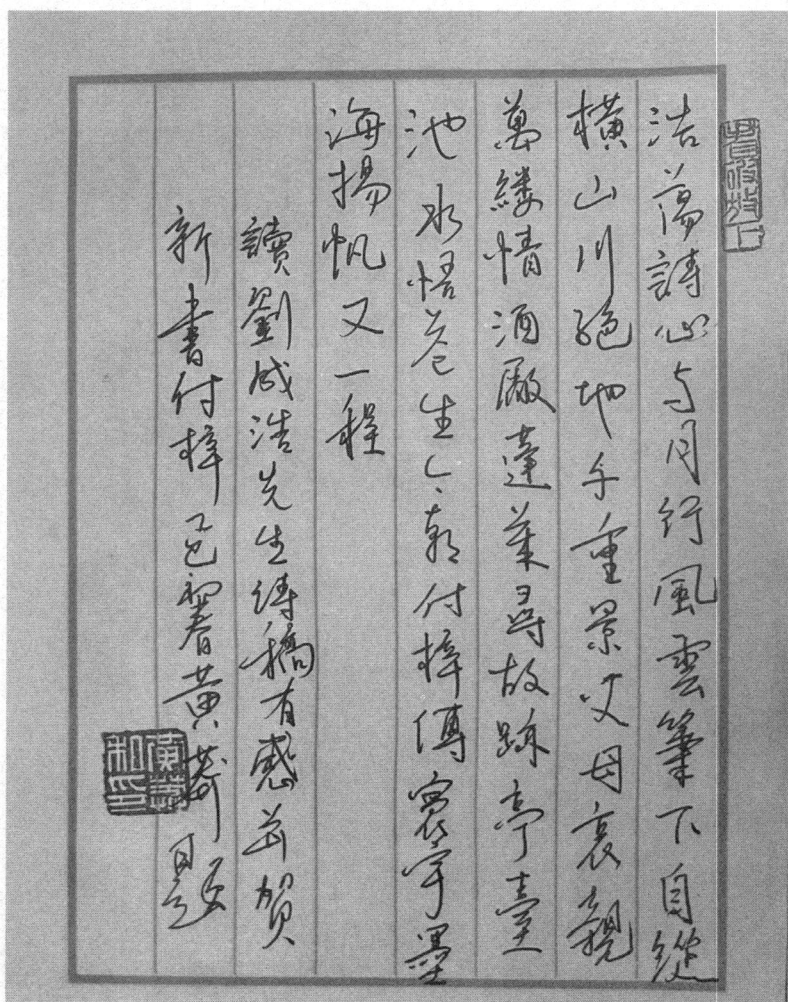

读刘成浩先生诗稿有感并贺新书付梓

黄莽

浩荡诗心与月行，风云笔下自纵横。

山川绝地千重景，祭父哀亲万缕情。

酒厂蓬莱寻故迹，亭台池水悟苍生。

今朝付梓传寰宇，墨海扬帆又一程。

握得天分出诗篇
——序《刘成浩诗词选集》

一个人要想在诗词上有所建树，必须有先天的天分以及后天的努力，这几乎是恒定的法则。光有先天的天分，没有后天的努力，或者光有后天的努力，没有先天的天分，都是很难在诗词上取得大的成就的。但有一种人，本身就很有天分，后天还特别努力，可能在极其短的时间内，就有所成绩，有所收获，有所建树。这种人无论学什么，都总是比别人快，比别人更加容易入门。我想，刘成浩兄可能就是这样的人吧！

具体是哪一年，什么时间认识刘成浩兄的，倒是真的给忘了。只记得当时他在我主编的微信公众号"千家诗词"的一个帖子下面跟帖留了一首诗，诗没有按格律写，只简单押了韵。从我接触诗词近二十年以来，心里十分清楚，很多完全靠感觉写诗词的人，都很有诗词天分，可以说，大多数都是真正可造的诗材。只要正确引导一下，他们往往就能很快入门，从感性的爱好诗词，上升到理性的学习诗词。只要引导一下，他们便会在学习诗词的生涯中，少走很多弯路。于是，我给刘成浩兄留了微信，让他加了我。那时候的他，应该是不懂格律诗词的，在群里专心学写格律诗。他年龄虽然大我几十岁，但通过写诗我们却成了知交好友。

我和刘成浩兄相识于网络，相见于茶室。一起喝茶，品人生，谈诗词，说趣事。他高高的个子，有些清瘦。他为人坦诚，做事认真，不虚不滑，朴实又随意，给人一种老大哥的感觉。由于他已经退休，经常带着其爱人一起自驾旅游全国各地，其间也写下了不少优秀的游览诗词（绝大多数没有收录在此集中，他计划另出游览诗集）。

认识刘成浩兄，说起来已有几年了。这些年来，让我感到欣慰的，是他对诗词的执着和所体现出来的天分。因为天分和努力，他的诗词提高得很快，在短短几年时间里，就写出了不少优秀的诗词作品。最先看到他诗词的亮点，应该是他的七言绝句，时不时就能写出一两首让人眼前一亮的作品来。当然，这也证明了一点，绝句写得好的人，大多数都很有天分。可以说，写好绝句，需要一定的天分，写好律诗，则需要一定的功力。

这些年来，见得最多的，是刘成浩兄的七绝。因此，在印象中，总是觉得他的七绝最佳。以前虽然见过他的一些七律什么的，总是觉得功力欠缺，相对七绝来说，略显得有些粗糙。当然，作为一个学习格律诗词不久的人来说，这些都是再正常不过的现象。要知道，学习诗词，或者说学习任何一门艺术，都有一个过程，一个漫长的、循序渐进的过程。天分高的人，入门的时间会短一些，走得远一些；天分不高的人，入门的时间会长一些，走得近一些。

在最近一年的交往中，刘成浩兄多次表示年龄大了，身体也有些欠佳，希望能出一部自己的诗词集，并想让我帮忙把把关、选一选。说心里话，在没有拿到他的诗词稿的时候，我心里都没有底，总是觉得他的律诗和词都是软肋，是弱项，但当我拿到他的诗词稿的时候，发现真不是这样的。尤其是他的七律，与之前看到过的作品相比，简直像是变了个人似的。可以说已经到达了相当的高度，其中还不乏佳联妙句。对仗的问题，也几乎得到了解决。相比之前的作品，成熟了太多。其词也是如此，虽然不多，但都达到了一定的水平，这对于一个初学填词的人来说，是十分难得的。

通览了一遍刘成浩兄的诗词，七律和词，可以说都是惊喜。至于古体诗部分，我想，大多数都是他在接触格律诗词前写的。在没有拿到他的诗词稿之前，这部分作品我一首也没看过，也是我最担心的。因为很多人在学习格律诗之前，写的所谓诗词，都是靠感觉写出来的，最要命的地方往往是有句无篇，东拉西扯，甚至不押韵。但读完刘兄的诗词稿后，我释然了，心情更是如晴空万里。显然，我的担心是多余的。他的古体诗部分，很少有不押韵的作品，也很少有东拉西扯、不成篇章的作品。这才是感性接触诗词阶段最难得的地方，不谋篇而自谋篇。当然，可能韵脚部分，其在后期是作了修改的。

要说起来，刘成浩兄爱好诗词，应该是有些年头了，但真正学习格律诗词，则是最近几年的事情。他虽然也是退休的老干部，政府官员、企业高管，但其诗词作品，却没有多少老干体气息。有的是真，是切。显然，他是在用心写诗词，用情写诗词。

读完刘成浩兄的诗词，让我想起了聂绀弩来。聂绀弩学习诗词，也比较晚，却因为独特的内容，难以复制的时代，让其在诗词上取得了很大的成就。当然，这和聂绀弩的天分也是分不开的。刘成浩兄的诗词，尤其是七律，和聂绀弩的诗词有很多相似的地方，最重要的一点，就是其诗词作品中的那种真，那种亲身经历、亲身体验过的真，独一无二的真。可以说，非他，是写不出来的。

最早我评价刘成浩兄的诗词，是天分有余，功力不足。但经过这些年的努力，刘成浩兄几乎弥补了自己功力不足的短板，诗词也越来越成熟，是让人欣喜的。能在短短几年时间里，写出那么多佳作来，真的是无比的难得。可以说，他是我这些年来，见过为数不多的有天分又努力、进步最神速的诗词家之一。我想，在不久的将来，他的诗词应该会更加精进，会有更大的收获的。

刘成浩兄的诗词，在清新灵动的句子中，透着雄情，于朴实无华的语言下，闪现新奇。诗品即人品，诗格即性格。看一个人，可以读他的诗。诗，是一面镜子，能照出一个人酸辣苦甜的人生。至此，愿我兄诗艺更上层楼。聊作序。

郑万才

2025 年 2 月 22 日

声明

本书无特殊说明皆为新声韵。

目录

握得天分出诗篇

　——序《刘成浩诗词选集》… 1

卷一　七言绝句

一、2020年前

望西山…………………… 3

扎龙湿地观放鹤………………… 3

上坟祭奠父亲去世十周年…… 3

退休将至………………… 3

真　相…………………… 4

过　年…………………… 4

参观茅台酒厂…………… 4

尺　子…………………… 4

陀　螺…………………… 5

履职新映………………… 5

登嫩江湾望江楼………… 5

看望老战友、诗人叶文福

　（古声）……………… 5

学写格律诗（三首）………… 6

　一………………………… 6

　二………………………… 6

　三………………………… 6

夜宿淄博………………… 7

驱车过青州（古声）………… 7

雾灵山避暑……………… 7

驼游玉龙沙湖…………… 7

驰骋巴彦查干苏木草原…… 8

在大庆温泉屯泡温泉…… 8

瞻观铁人王进喜纪念馆…… 8

航空到布宜……………… 8

秋荷（古声）………………… 9

落　叶…………………… 9

芦　花…………………… 9

辞聘归来………………… 9

咏银杏（二首）………………10

　一…………………………10

　二…………………………10

六十九岁生日………………10

看孙有感"儿孙自有儿孙福，
莫为儿孙做马牛"得句………10
走健步…………………………11
望东都…………………………11
清　心…………………………11
垂　钓…………………………11
垂　柳…………………………12
秋立时节看人间………………12
逍遥游…………………………12
秋　风…………………………12
国庆中秋喜相逢（古声）……13
游韩信山（二首）……………13
　　一…………………………13
　　二…………………………13
秋　红…………………………13
金钱如水………………………14
书赠大型纪录电影《中国三峡》
总导演、三峡籍影视艺术家
杨书华…………………………14
藏头诗贺中诗协盛元书院落户
大兴……………………………14
乡　思…………………………14
说同题作诗……………………15
雪………………………………15
社会直播厅……………………15
发　烧…………………………15

退　烧…………………………16
书　怨…………………………16
祭日怀总理……………………16
冬　雪…………………………16
欠　孝…………………………17
立　春…………………………17
送　冬…………………………17
新　年…………………………17
说文化遗产（三首）…………18
　　长城………………………18
　　运河………………………18
　　功过………………………18

二、2021 年

说井陉…………………………18
咏天鹅…………………………19
清明扫墓………………………19
突患颈椎病感赋（二首）……19
　　一…………………………19
　　二…………………………19
贺孙七岁生日…………………20
咏保洁小时工（二首）………20
　　一…………………………20
　　二…………………………20
小时偷瓜………………………20
脑门上的疤……………………21

小时偷枣……………………21

早　市……………………21

登　山……………………21

游中思……………………22

题小镇街景图……………22

群中有题 20 世纪 60 年代乡

村爱情画，随附和一首………22

百年心……………………22

万年船……………………23

新宣言……………………23

岳　飞……………………23

赵　云……………………23

戚继光……………………24

秦始皇……………………24

登蓬莱阁…………………24

参观李鸿章故居…………24

瞻张治中故居……………25

偶遇初中老同学…………25

说萧红……………………25

老兵八一梦………………25

下榻本溪玉龙湾度假村……26

避暑三江平原……………26

观镜泊湖瀑布……………26

自题小像…………………26

题对弈神童雕塑…………27

观黄河入海口……………27

吊新声韵先驱赵京战先生……27

悼山西诗友、狼社成员

李爱莲………………………27

与初中老同学相见于家乡

（三首）……………………28

　　一……………………28

　　二……………………28

　　三……………………28

汾酒魂………………………29

百年杏花村…………………29

小　雪………………………29

咏　竹………………………29

立冬（三首）………………30

　　一……………………30

　　二……………………30

　　三……………………30

走　路………………………31

一年之计看金秋（二首）……31

　　一……………………31

　　二……………………31

新闻报道市委领导帮农民抢收

玉米…………………………31

冬孕曲（二首）……………32

　　一……………………32

　　二……………………32

读孙家正副主席祭母文

《母亲的 1949》感吟 ………32

相见三叠（三首）…………33

    一…………………………33

    二…………………………33

    三…………………………33

真假辩……………………34

输　液……………………34

三、2022 年

入耄耋……………………34

送老战友席上作…………34

戏题胆结石………………35

暮冬雪（二首）…………35

    一…………………………35

    二…………………………35

看手机……………………35

望日观日月………………36

树叶（二首）……………36

    一…………………………36

    二…………………………36

北京冬奥会（三首）……37

    一…………………………37

    二…………………………37

    三…………………………37

枝上春……………………38

踏　青……………………38

荠　菜……………………38

叹　时……………………38

粉　笔……………………39

清明祭（二首）…………39

    一…………………………39

    二…………………………39

次韵刘征先生《题当代诗词馆

落成琉璃厂》……………39

有感中共二十大…………40

壬寅清明拜谒李大钊陵园……40

熬中药……………………40

醒　悟……………………40

登中坞园日月亭感赋

（四首）…………………41

    一…………………………41

    二…………………………41

    三…………………………41

    四…………………………41

诗　迷……………………42

不　迟……………………42

贺神舟十三凯旋归来………42

祝贺中华诗词学会企业工委公

众号《企业诗词微刊》创刊…42

晨………………………43

黄………………………43

看地球仪…………………43

莲　君……………………43

过亲身改建的住宅区…………44

过曾尽职的项目工地…………44

绝壁松……………………44

国产航母问世………………44

神舟系列二十三年感赋

（三首）…………………45

　　一…………………………45

　　二…………………………45

　　三…………………………45

梅雨季（二首）……………46

　　一…………………………46

　　二…………………………46

游秦汉野长城感赋…………46

答战友点赞诗（二首）……47

　　一…………………………47

　　二…………………………47

老友定期聚会………………47

送寒衣……………………47

壬寅重阳登香山……………48

讨　债……………………48

七　夕……………………48

又见秋风起…………………48

国家公祭日（二首）………49

　　一…………………………49

　　二…………………………49

祭　灶……………………49

四、2023 年

壬寅除夕思悔（二首）………50

　　一……………………………50

　　二……………………………50

清明扫墓……………………50

为孙荣获少年作家网"文学之星"

奖杯感作（三首）……………51

　　一……………………………51

　　二……………………………51

　　三……………………………51

立春日叹染病半月未愈

（二首）………………………52

　　一……………………………52

　　二……………………………52

忠君与报国（古声）…………52

也说学雷锋（三首）…………53

　　一……………………………53

　　二……………………………53

　　三……………………………53

与在京初中同学首次聚饮……54

踏　青……………………………54

春日逛河滨公园………………54

清明泪（二首）………………55

　　一……………………………55

　　二……………………………55

见小学生春游河滨公园

（古声）……………55

看花路上……………56

看花人……………56

落英……………56

忆人……………56

答谢张明军师友宴请并赠诗

（二首）……………57

一……………57

二……………57

老友聚饮……………57

朝夕人生（三首）……………58

一……………58

二……………58

三……………58

堂侄婚庆宴上思叔父……………59

借钱……………59

新来保姆……………59

人间流水……………59

饮梦……………60

搬家工……………60

爬山虎……………60

也说新旧韵标注……………60

游览因事回京……………61

读书日赠孙……………61

立秋得句……………61

追时……………61

耳聋自题……………62

水杯……………62

人间九月九——纪念毛泽东

逝世 47 周年……………62

幼孙抢座……………62

中秋望乡（四首）……………63

一……………63

二……………63

三……………63

四……………63

教师节有思……………64

秋分……………64

秉性……………64

小雪无雪……………64

香山红叶红（二首）……………65

一……………65

二……………65

大雪……………65

世事……………65

贺五岳诗词社成立五周年

（三首）……………66

一……………66

二……………66

三……………66

观雪（四首）……………67

一 ······67

二 ······67

三 ······67

四 ······67

冬　至 ······68

望　春 ······68

五、2024 年

元日望日 ······68

大寒日 ······68

与病危堂姐手机通话 ······69

逍遥人 ······69

雨水时节雪纷纷（二首）······69

一 ······69

二 ······69

开　春 ······70

思　君 ······70

不　空 ······70

贫富易 ······70

日日窗前望朝阳（十二首）···71

一 ······71

二 ······71

三 ······71

四 ······71

五 ······72

六 ······72

七、四季 ······72

八、春 ······72

九、夏 ······73

十、秋 ······73

十一、冬 ······73

十二、环球 ······73

小路行 ······74

二月二 ······74

蜗　牛 ······74

游　泳 ······74

吟春分秋分、夏至冬至四

节气 ······75

清明——逝后的感恩节

（二首）······75

一 ······75

二 ······75

颐和园里观飞絮 ······75

老年群 ······76

参观汝窑遗址 ······76

游览祖庭香山寺（二首）······76

一 ······76

二 ······76

观魔术师表演有思 ······77

马街书会听说书 ······77

观白狼狂草书法展 ······77

见颐和园京密引水渠反向流···77

暴风疾雨后见树折巢倾 ······78

端午节的悼念·················78

《离骚》之魂·················78

物美有神传·················78

清漪园时的睇佳榭···········79

清漪园时的怀新书屋·········79

咏　蝉·····················79

八一忆军营（三首）·········80

　　入党···················80

　　立功···················80

　　值夜岗·················80

闻颐和园宿云檐供奉的关羽

银像劫难中被英法联军掠走，

后改供牌位有感·············81

文昌阁前问帝君·············81

退休后体检·················81

秋　分·····················81

秋　雨·····················82

咏泗洪水杉林···············82

悼新韵先驱王同兴先生·······82

参观双沟酒厂···············82

国庆节宅家（三首）·········83

　　一·····················83

　　二·····················83

　　三·····················83

送机东航岛国之示儿·········84

送机东航岛国之问孙·········84

甲辰除夕守岁···············84

赓和褚宝增副会长

《甲辰除夕夜》·············84

夏夜雨后晨·················85

闷骚哥·····················85

再题手机···················85

立　春·····················85

六、专题组诗

咏家什三十首···············86

　　筷子···················86

　　铅笔···················86

　　碗·····················86

　　笤帚···················86

　　镜子···················87

　　墙壁···················87

　　凳子···················87

　　沙发···················87

　　桌子···················88

　　切菜板·················88

　　菜刀···················88

　　勺子···················88

　　窗户···················89

　　楼顶···················89

　　床·····················89

　　衣服···················89

　　帽子···················90

鞋 ······················· 90

地暖 ····················· 90

空调 ····················· 90

锅 ······················· 91

书柜 ····················· 91

新茶具 ··················· 91

盆 ······················· 91

剪子 ····················· 92

水杯 ····················· 92

门 ······················· 92

化妆品 ··················· 92

大白菜 ··················· 93

野菜 ····················· 93

咏稻米九首 ················ 94

春耕 ····················· 94

灌池 ····················· 94

插秧 ····················· 94

禾壮 ····················· 94

抽穗 ····················· 95

晒浆 ····················· 95

成熟 ····················· 95

收获 ····················· 95

上桌 ····················· 95

一场没有硝烟的战斗

（十三首）··············· 96

战争 ····················· 96

支援 ····················· 96

子弟兵 ··················· 96

援车 ····················· 96

明星 ····················· 97

送行（古声）············· 97

送妻出征 ················· 97

嘱妻 ····················· 97

示儿 ····················· 98

问候 ····················· 98

升华 ····················· 98

参战 ····················· 98

胜利 ····················· 98

卷二　七言律诗

一、登日月亭律传十八章

登日月亭律传十八章········· 101

（一）引句············· 101

（二）耕读童年········· 101

（三）荐读高中········· 102

（四）筑梦军营········· 102

（五）梦破平阳········· 102

（六）落魄京城········· 103

（七）自学文凭········· 103

（八）创业建安········· 103

（九）逼迫私奔········· 104

（十）雄图广电········· 104

（十一）贬放情结····· 104

（十二）任职新映····· 105

（十三）点亮心灯····· 105

（十四）癌症袭来……… 105

（十五）魂殇动漫……… 106

（十六）坞园夕照……… 106

（十七）夕照花开……… 106

（十八）结句……… 107

二、2020 年前

登西山感国事……………… 107

文化产业梦………………… 107

赋在基地授牌时…………… 108

2013 年重阳登北山凤凰岭

抒怀………………………… 108

2015 年重阳雾中登动漫城基

思退………………………… 108

2017 年重阳登日月亭有思 109

五一假日独坐昆明湖畔…… 109

大病愈后生日于林中漫步作 109

七仙岭休假叹动漫城项目久

搁置………………………… 110

购农居……………………… 110

中秋夜望月………………… 110

辞　别……………………… 111

弃聘归来…………………… 111

辞聘归来恰是 69 岁生日 … 111

新居落成…………………… 112

迷入诗词境………………… 112

2020 年重阳节登日月亭

赏秋………………………… 112

鼠岁杪感赋………………… 113

心　安……………………… 113

拜谒中山陵………………… 113

紫金山上眺………………… 114

乘舟过微山湖……………… 114

登微山望湖楼……………… 114

游虎丘……………………… 115

我爱贝加尔湖……………… 115

三登黄鹤楼………………… 116

吊忆初中语文老师方光…… 116

五十年后回母校（三首）… 117

　　一……………………… 117

　　二……………………… 117

　　三……………………… 117

三、2021 年

小住青城山（二首）……… 118

　　一……………………… 118

　　二……………………… 118

谒成都武侯祠……………… 118

春节在阳朔（三首）……… 119

　　一、桃源……………… 119

　　二、河畔……………… 119

　　三、清晨……………… 119

上峨眉山金顶看云海·········· 120
登阆中古城华光楼·········· 120
游安康瀛湖水库·········· 120
初中同学首次相聚（二首） 121
　　一 ·········· 121
　　二 ·········· 121
访旧不遇 ·········· 121
三谒甲午海战地刘公岛······ 122
谒昭君墓 ·········· 122
咏成吉思汗 ·········· 122
萧红故居吊萧红·········· 123
谒八女投江处 ·········· 123
感西安新扩建法门寺········ 123
回故乡感诗友接风筵········ 124
家乡饭 ·········· 124
无　题 ·········· 124
遗事传来（二首）·········· 125
　　一 ·········· 125
　　二 ·········· 125
百年航 ·········· 125
入党五十年感怀·········· 126
肩周病愈后作·········· 126
老来快乐观 ·········· 126
七十抒怀 ·········· 127
答家兄贺我寿诗·········· 127
快乐中秋 ·········· 128

中秋赏三圆 ·········· 128
重阳望远 ·········· 128
全国文联、作协两会感赋
（二首）·········· 129
　　一 ·········· 129
　　二 ·········· 129
自题2021 ·········· 129
步陆游《壬寅新春》韵自题 130

四、2022年
落居西山 ·········· 130
老　骥 ·········· 130
居西山 ·········· 131
老　牛 ·········· 131
古稀后 ·········· 131
坞园春早 ·········· 132
壬寅清明节祭扫李大钊陵园 132
暮春与诸战友游京西阳台山
大觉寺 ·········· 132
心　事 ·········· 133
坞园初夏 ·········· 133
壬寅国庆有句 ·········· 133
古北水镇行三首 ·········· 134
　　一、旱情初解 ·········· 134
　　二、逛游古街 ·········· 134
　　三、船游水镇 ·········· 134

登司马台长城···········135

    一···········135

    二···········135

壬寅中秋···········135

老年游···········136

贺母校江苏省沭阳高级中学

百年华诞···········136

经国者赋···········136

下榻苏州活力岛酒店·······137

感伤族尊兆来叔病情反复···137

五、2023年

岁杪感怀···········137

送旧迎新···········138

周恩来忌日赋···········138

本命年有思···········138

咏天鹅···········139

与初中同学陈波将军在京首次

聚饮（二首）···········139

    一···········139

    二···········139

登嫩江湾望江楼···········140

游徐州云龙湖···········140

贺北京诗词学会第六届代表

大会召开···········140

本命生日连六一···········141

癸卯国庆感赋···········141

游孔庙···········141

谒关帝庙···········142

    一···········142

    二···········142

游孔府···········142

秋游泗阳运河风景区···········143

泰山顶上度重阳···········143

稀龄再登泰山···········144

冬至雪···········144

感小雪时节···········144

老年生活交响曲···········145

六、2024年

文昌阁前问帝君···········145

耶律楚材···········145

陌上行·步韵褚宝增会长《将

春》···········146

大寒日有感···········146

甲辰立春日得句···········147

正月初四到涿州看望族兄

刘成奎遗孀嫂一家···········147

自怨···········147

元夕后···········148

登上天安门城楼···········148

清明回乡扫墓有感···········148

赞宝丰……………………… 149
收到中华诗词学会颁发会员证
感赋……………………… 149
端午祭奠有感……………… 149
谢　幕…………………… 150
跟和群里同题作业"位卑未敢
忘忧国"………………… 150
心　态…………………… 150
听说要重建铜雀台………… 151
参加泗洪大王庄金秋笔会
感赋……………………… 151
参加洪泽湖湿地采风……… 151
除夕夜与域外儿孙视频…… 152
赓和高昌副会长
《春节即兴》…………… 152
步韵卢冷夫主任
《新春寄怀》…………… 152
欢度元宵节………………… 153

忆同窗挚友刘建国2012年正月
于困境中病逝余未能亲临送别成
久憾……………………… 155
惊闻甘文兄夫人王嫂突然
病逝……………………… 156
泪送甘文兄西去…………… 156
悼念周志祥大夫…………… 156
哭婶母仙逝………………… 157
上坟祭母逝世十周年……… 157

八、坞园沉吟十八首

坞园沉吟十八首…………… 157
　　一……………………… 157
　　二……………………… 158
　　三……………………… 158
　　四……………………… 158
　　五……………………… 159
　　六……………………… 159
　　七……………………… 159
　　八……………………… 160
　　九……………………… 160
　　十……………………… 160
　　十一…………………… 161
　　十二…………………… 161
　　十三…………………… 161
　　十四…………………… 162
　　十五…………………… 162

七、哀悼亲朋

哀父亲、叔叔相继离世…… 153
哭母于弥留之际…………… 153
悼念恩师王宗初夫妇……… 154
哭师母…………………… 154
祭恩师…………………… 154
叔叔逝世十周年祭………… 155

十六 ······ 162

十七 ······ 163

十八 ······ 163

卷三　五言绝句

一、2021 年前

亭　居 ······ 167

风月亭友 ······ 167

望　星 ······ 167

方　向 ······ 167

目　标 ······ 168

青春（折腰） ······ 168

老伶仃 ······ 168

养　生 ······ 168

如　约 ······ 169

篮　球 ······ 169

盆　景 ······ 169

夜　雪 ······ 169

漫　步 ······ 170

直播人生 ······ 170

驱车过太行 ······ 170

投　宿 ······ 170

咏牛（三首） ······ 171

一 ······ 171

二 ······ 171

三 ······ 171

瀛湖山居（古声） ······ 172

题乐山大佛（二首） ······ 172

一 ······ 172

二 ······ 172

明月岛 ······ 172

乡　思 ······ 173

坞园春 ······ 173

春　游 ······ 173

送站归来 ······ 173

启新航 ······ 174

哀共享单车 ······ 174

二、2022 年

山　居 ······ 174

夏　夜 ······ 174

早春（三首） ······ 175

一 ······ 175

二 ······ 175

三 ······ 175

洗　澡 ······ 175

收夏种秋时（三首） ······ 176

一 ······ 176

二 ······ 176

三 ······ 176

消　暑 ······ 176

纳　凉……………………… 177
忌　惮……………………… 177
西山秋色赋（十首）……… 177
　　一……………………… 177
　　二……………………… 177
　　三……………………… 178
　　四……………………… 178
　　五……………………… 178
　　六……………………… 178
　　七……………………… 179
　　八……………………… 179
　　九……………………… 179
　　十……………………… 179
山海情…………………… 180

三、2023 年至 2024 年

说雷锋精神（二首）……… 180
　　一……………………… 180
　　二……………………… 180
暗恋（古声）…………… 181
嫁娶（古声）…………… 181
雨　禾…………………… 181
出关避暑………………… 181
炎夏夜雨（二首）……… 182
　　一……………………… 182
　　二……………………… 182
头场秋雨………………… 182

秋　分…………………… 182
乡愁在中秋（二首）……… 183
　　一……………………… 183
　　二……………………… 183
立　冬…………………… 183
无　题…………………… 183
寒露（二首）…………… 184
　　一……………………… 184
　　二……………………… 184
关　羽…………………… 184
霜降（二首）…………… 185
　　一……………………… 185
　　二……………………… 185
小雪（古声）…………… 185
黄河第一桥兰州中山桥百年
诞颂（二首）…………… 186
　　一……………………… 186
　　二……………………… 186
小寒冬泳………………… 186
柴达木魔鬼城见闻（二首） 187
　　一……………………… 187
　　二……………………… 187
泛舟昆明湖……………… 187
看　山…………………… 188
题颐和园通云、寅辉两城关 188
题颐和园智慧海（无梁殿）

两首 ……………………… 188

　　一 ……………………… 188

　　二 ……………………… 188

卷四　五言律诗

观　海 ……………………… 191

中医正骨治颈椎病 ………… 191

新书房 ……………………… 191

三亚湾观海 ………………… 192

秋　意 ……………………… 192

乡　思 ……………………… 192

年终小聚 …………………… 193

老年餐食 …………………… 193

登明长城遗址 ……………… 193

贺东篱诗社成立 5 周年 …… 194

母校校庆 100 周年 ………… 194

鹳雀楼上赋 ………………… 194

谒关帝庙 …………………… 195

"九一八"有思 …………… 195

老黑山上观五池 …………… 195

泣血玉澜堂（三首）……… 196

　　一 ……………………… 196

　　二 ……………………… 196

　　三 ……………………… 196

站在柴达木盆地的 "U" 形

路段上 ……………………… 197

咏魔鬼城八仙女 …………… 197

云冈石窟维护 ……………… 197

题马街艺术学校 …………… 198

题宝丰应河小米醋 ………… 198

忆清漪园时期的藻鉴堂 …… 198

忆颐和园时期的藻鉴堂 …… 199

戏题慈禧昆明湖上大阅兵… 199

题寅辉城关（古声）……… 199

题通云城关 ………………… 200

回归自然 …………………… 200

北岳恒山赋 ………………… 201

卷五　词曲

忆江南·游黄山北麓沟村得句

（七阕）…………………… 205

　　一 ……………………… 205

　　二 ……………………… 205

　　三 ……………………… 205

　　四 ……………………… 206

　　五 ……………………… 206

　　六 ……………………… 206

　　七 ……………………… 206

渔歌子·了却公职十阕

（龙谱）…………………… 207

一 ···················· 207

二 ···················· 207

三 ···················· 207

四 ···················· 207

五 ···················· 208

六 ···················· 208

七 ···················· 208

八 ···················· 208

九 ···················· 208

十 ···················· 209

浣溪沙·参观颐和园慈禧

寝宫················ 209

诉衷情·悲情动漫城

（陆游体）········ 209

鹧鸪天·退休·········· 209

鹧鸪天·购农居········ 210

鹧鸪天·农居·········· 210

鹧鸪天·说遗憾········ 210

鹧鸪天·憾意深········ 211

鹧鸪天·惊梦·········· 211

鹧鸪天·梦圆·········· 211

鹧鸪天·感苍翁········ 212

鹧鸪天·四月得孙······ 212

鹧鸪天·过年·········· 212

生查子·人心 ·········· 213

苏幕遮·向晚登西山···· 213

行香子·夜静思········ 213

忆王孙·夫妻异地打工······ 214

踏莎行·瞒别··············· 214

满江红·受聘《中青报》试用

期满被辞感吟··············· 214

鹧鸪天·雪后晴··········· 215

西江月·冬雪纷纷··········· 215

卜算子·网购的烦恼········· 215

乌夜啼·清明祭············· 215

清平乐·酷暑··············· 216

西江月·难回首··········· 216

渔家傲·四季中坞园之春··· 216

渔家傲·四季中坞园之夏··· 217

渔家傲·四季中坞园之秋··· 217

渔家傲·四季中坞园之冬··· 217

卷六 古风

一、军营焰痕深

离 家 ················ 221

贺同学结婚············· 221

路 径 ················ 221

自 勉 ················ 221

无 题 ················ 222

过洛阳城宿金谷园酒店····· 222

茫 然 ················ 222

宜昌致钟山学友········· 222

遇连阴雨身困西安…………… 223

送战友复员 ………………… 223

送女战友复员 ……………… 223

愁　消 ……………………… 224

赠战友与初中同学之恋…… 224

再赠战友与初中同学之恋… 224

汇演结束后 ………………… 225

倾　吐 ……………………… 225

中秋望月 …………………… 225

赠月季花 …………………… 226

将赴太白山 ………………… 226

问　月 ……………………… 226

仿鲁迅《自嘲》自勉……… 227

除夕遣怀 …………………… 227

除夕夜步韵 ………………… 228

悼念周总理 ………………… 228

　　一 ……………………… 228

　　二 ……………………… 228

悼念毛主席 ………………… 229

　　一 ……………………… 229

　　二 ……………………… 229

二、北漂创业艰

漂泊京城 …………………… 229

高考落第 …………………… 230

异乡除夕夜 ………………… 230

念　妻 ……………………… 230

赠杨臻君 …………………… 231

惜　年 ……………………… 231

闻建国提干感语…………… 231

探亲回乡 …………………… 232

和小青除夕诗……………… 232

愤　诗 ……………………… 232

又是一年春节时…………… 233

无　题 ……………………… 233

卸任建安 …………………… 233

辞别建安 …………………… 234

去枣庄、徐州、连云港途
中作 ………………………… 234

喜闻王德俊主任升任档案报社长
兼总编 ……………………… 234

三、郡府履职累

北戴河碧螺塔上观日出…… 235

与南风元诗翁共游金海湖

山谷农家 …………………… 235

登高观金海湖……………… 235

赠王钧 ……………………… 236

问秋月 ……………………… 236

改革开放二十年颂………… 236

仲秋游镜泊湖……………… 237

登茂名观荔亭 ……………… 237

游广西北海星岛湖⋯⋯⋯⋯ 237

游武夷山⋯⋯⋯⋯⋯⋯⋯ 238

和朋友赠《梅颂》诗⋯⋯⋯ 238

步行上班有感⋯⋯⋯⋯⋯ 238

新影三年梦⋯⋯⋯⋯⋯⋯ 239

初到阜阳二首⋯⋯⋯⋯⋯ 239

　　　　一 ⋯⋯⋯⋯⋯⋯ 239

　　　　二 ⋯⋯⋯⋯⋯⋯ 239

登阳台山看桃花⋯⋯⋯⋯ 240

甲午春节与母团聚⋯⋯⋯⋯ 240

丙申清明扫墓⋯⋯⋯⋯⋯ 240

战肠癌（三首）⋯⋯⋯⋯ 241

　　癌症袭来 ⋯⋯⋯⋯ 241

　　生死若何 ⋯⋯⋯⋯ 241

　　手术根除 ⋯⋯⋯⋯ 241

挥别 2016 ⋯⋯⋯⋯⋯⋯ 242

迎接 2017 ⋯⋯⋯⋯⋯⋯ 242

青山对（两问）⋯⋯⋯⋯ 243

四、长句二十二首

为挚友旅行结婚送行⋯⋯⋯ 244

梦彩虹⋯⋯⋯⋯⋯⋯⋯⋯ 245

访海寿村⋯⋯⋯⋯⋯⋯⋯ 246

　　　　一 ⋯⋯⋯⋯⋯⋯ 246

　　　　二 ⋯⋯⋯⋯⋯⋯ 247

腾冲热海⋯⋯⋯⋯⋯⋯⋯ 248

　　　　一 ⋯⋯⋯⋯⋯⋯ 248

　　　　二 ⋯⋯⋯⋯⋯⋯ 249

　　　　三 ⋯⋯⋯⋯⋯⋯ 250

　　　　四 ⋯⋯⋯⋯⋯⋯ 251

　　　　五 ⋯⋯⋯⋯⋯⋯ 252

丁酉年携全家在珠海横琴度

春节⋯⋯⋯⋯⋯⋯⋯⋯⋯ 253

我是药神仙⋯⋯⋯⋯⋯⋯ 254

我爱金月湾⋯⋯⋯⋯⋯⋯ 254

东方夜明珠——索契酒店⋯ 255

文艺老兵聚会马鞍山⋯⋯⋯ 256

访丹江口水库⋯⋯⋯⋯⋯ 258

五十年后回母校忆贤师⋯⋯ 260

拜谒汉皇刘邦祖墓⋯⋯⋯⋯ 260

不曾知道的赤峰⋯⋯⋯⋯ 261

兴安岭黄岗梁石阵⋯⋯⋯ 262

揽海阁上望向海⋯⋯⋯⋯ 263

查干湖之夏⋯⋯⋯⋯⋯⋯ 264

站在月亮泡水库大坝上⋯⋯ 265

游览老边沟⋯⋯⋯⋯⋯⋯ 265

游览关门山⋯⋯⋯⋯⋯⋯ 266

游天然氧吧绿石谷⋯⋯⋯ 268

观南极冰雪赋⋯⋯⋯⋯⋯ 269

后　记⋯⋯⋯⋯⋯⋯⋯⋯ 270

卷 一

七言绝句

望西山

望断燕峰意不阑，风云倚伴五十年。
千般回首皆尘土，唯有西山未改颜。

扎龙湿地观放鹤

芦荡苍苍苇水清，白云袅袅映湖屏。
方听槛外人欢叫，便见排空有鹤鸣。

上坟祭奠父亲去世十周年

十年一去两阴阳，跪乳舐犊情未亡。
欣看坟前松柏树，分枝结籽各成行。

退休将至

蹉跎动漫尚无期，功业难成一甲时。
老马心知夕照短，弃鞭放纵更扬蹄。

真　相

功高自古有争纷，贬骂皆怜苦主身。
浴血荫及难甚解？事人怨恨易蒙真。

过　年

光阴似水又新年，岁岁趋身寂寞天。
得空儿孙远游去，独和老伴叩墙眠。

注：老人分房睡觉，有事敲墙呼叫。

参观茅台酒厂

古窖千年老酱缸，高粱谷子酵眠长。
熏天糟气君休厌，腐到终极便是香。

尺　子

最是天生有主张，人间长短任凭量。
虽拿万物都测遍，未改自身一寸长。

陀　螺

独足扛鼎知轻重，拉线引发旋地功。
频作鞭抽方久稳，价值尽在挞笞中。

履职新映

自断平生不附炎，情结新映种楼田。
单身匹马随高弟，还造福民那片天。

注：新映集团董事长高峰，小我三岁。

登嫩江湾望江楼

望江楼上望江湾，疑是西湖落此间。
点化南国青水秀，融开北域绿斑斓。

看望老战友、诗人叶文福（古声）

五十年来暑亦冬，冰封雪迫壮诗雄。
沧桑历尽春犹在，伟岸峥嵘一劲松。

学写格律诗（三首）

一

之前学韵未得精，不懂诗格新旧声。
今过古稀方上瘾，摇头晃脑仄平平。

二

脑中有物用词穷，捣鼓来回意不通。
语句刚刚颠倒顺，孤平又现字行中。

三

昔诌千句未觉愁，学会诗格不自由。
三日未得一意句，似乎越写越回头！

夜宿淄博

自古齐都创业州，豪杰霸主竞风流。
而今兼蓄八方锐，开放潮头立上游。

驱车过青州（古声）

九分华夏古青州，粉墨登台演伯侯。
满眼风光呼掠过，时空穿越万年游。

雾灵山避暑

海岳江川名气扬，灵山秀水亦清凉。
休闲本是修心静，何必跟风抢胜光。

驼游玉龙沙湖

沙海滔天荡远边，泛舟驼队缓驱前。
分明波涌非为水，还欲纵身扑浪颠。

驰骋巴彦查干苏木草原

越野奔驰大草原，犹如海上艇飞穿。
远山近岭瞬息至，疑是浪峰拍面前。

在大庆温泉屯泡温泉

泡浴温汤一觉酣，神仙云落觅清闲。
桃花梦里掬泉水，玉液琼浆润美颜。

瞻观铁人王进喜纪念馆

曾经一杆啸天旗，呼沸神州荒冷地。
铁骨铮铮响到今，悠悠荡在时空里。

航空到布宜

连日追光航宇宙，过州越海到布宜。
一天连度双黑夜，缘自时差十二时。

秋荷（古声）

秋风飒飒扫荷塘，叶落干枯身瘦黄。
知是青春心不死，转年还着绿容装。

落　叶

黄叶萧萧满地秋，随风卷入水塘舟。
饰春消夏绿倾尽，又献萎躯肥地沤。

芦　花

秋风卷过芦苇荡，裹絮吞绒去际涯。
富裕今人浑漠视，未曾看戏打芦花！

注：有古戏《鞭打芦花》，是以芦花取暖的故事。

辞聘归来

十四年间雨裹风，辞别基地甚伤情。
逢人怕问当年事，只剩初心不见城。

咏银杏（二首）

一

繁枝茂叶老金黄，高寿千年壮亦苍。
病害虫侵皆惧远，全凭免疫内心强。

二

道路田园亮丽装，果实绿叶益人康。
并非民众有偏爱，只为自身多特长。

注： 银杏的果和绿叶皆是滋养性中药材。

六十九岁生日

匆匆六九唱黄鸡，一梦醒来入古稀。
出世终须俗世尽，铅华洗净水流西。

看孙有感"儿孙自有儿孙福，莫为儿孙做马牛"得句

劝君莫羡驾云悠，谁也难逃做马牛。
修炼无人入仙道，岂能遁地信天游！

走健步

迎日披霞开虎步，三圈快走回原路。
人生大道本循环，来处风光亦归处。

望东都

东望京城思不澜，尘烟滚滚尚依然。
身出泅海千重浪，心似闲云万里天。

清　心

沉浮逐浪今朝岸，过眼烟云昨日空。
尘世由它千万变，清心笑看晚霞红。

垂　钓

世人皆慕放竿悠，戴笠披蓑闲弄钩。
青青河畔清清水，只钓怡情不钓忧。

垂　柳

貌似轻浮弄媚姿，逢人稽首舞青丝。
笑迎四面随风摆，根定枝摇心不移。

秋立时节看人间

热浪翻腾了叫欢，悄然秋令莅人间。
时节不惯暴脾气，但看嚣张能几天！

逍遥游

唱罢夕阳无限好，轻吟漫步向黄昏。
今生浩荡无遗憾，此去逍遥驾彩云。

秋　风

轻轻扫过叶趋黄，削弱炎阳灭热狂。
骄横浮华逐日去，人间终是有清香。

国庆中秋喜相逢（古声）

青龄祖国似花枝，双节喜姻双鹊啼。
春雨春风春露润，根深叶茂万年基。

游韩信山（二首）

一

千载荒山变乐园，盛霄歌舞尽人欢。
淮侯闻讯开怀笑，一吐终身郁闷冤。

二

五十年后又登攀，视满风光笑满山。
自是英雄魂不灭，留名亦可换人间。

秋　红

日照枫山火焰熊，青烟紫艳色殷浓。
秋红总比春红老，雨打风侵霜染功。

金钱如水

金钱似水滋生命，断给逾周渴死人。
尚若滔滔沧海啸，弄潮水手也吞身。

书赠大型纪录电影《中国三峡》
总导演、三峡籍影视艺术家杨书华

长江滚滚岸嵯峨，峻美峡区走俊哥。
鹏程万里落京户，唱响三峡壮丽多！

藏头诗贺中诗协盛元书院落户大兴

盛世京津冀并行，元音唱响教读声。
书词敬贺群贤至，院落蓬辉亮大兴。

乡　思

千山萧瑟过寒流，簌簌飘黄满地秋。
忽见排空南去雁，乡思一缕上心头。

说同题作诗

同题作律竞妖娆，万首千奇妙自高。
意象无重各有路，横吹笛子竖吹箫。

雪

天絮纷纷舞不休，银妆玉裹绝尘垢。
愿得此境是寻常，世上从今无丑陋。

社会直播厅

社会直播大舞厅，世间百态入荧屏。
黑白善恶无须讲，观众从来眼最明。

发　烧

高烧尽日腻缠身，体燥腔干烫煮心。
休以炎煎欺老叟，权将烈火炼真金。

退　烧

输液扎针半月余，烧除热退爽风徐。
经得炎火一熬炼，不减身肥也面癯。

书　怨

日照光明夜洒辉，斋中伏案点频微。
虽然上网查阅便，却惹厨书怨落灰。

祭日怀总理

无限悲情一月八，长街泪雨洒天涯。
谁说总理无承嗣，十亿神州尽带纱。

冬　雪

鹅毛一夜舞纷纷，天地冰雕玉塑身。
最盼雪花持久落，人间永不见污痕。

欠 孝

去后方知欠孝颜，过节从未在身边。
伤心劝告今儿女，奉老尤当惜眼前。

立 春

窗外湖堤雪未消，寒风摇动柳千条。
蓦然又见枝梢绿，顿感春来滚滚潮。

送 冬

雪化风柔地起温，严寒何去问冬君。
人间美好遵时序，我岂贪心挤占春。

新 年

牛来鼠去有福跟，岁岁迎春岁岁新。
若问今年何亮点，宅家年事网中频。

说文化遗产（三首）

长　城

国宁未有从天降，自古江山血泪浇。
万里长城白骨砌，伤民也为护民劳。

运　河

京杭水运三千里，尽是黎民血汗流。
苦怨前民泽后代，赏花怒骂罪无由。

功　过

大运纵流逐水遥，长城横卧撵山高。
赫赫文遗垂万古，千秋功罪莫混淆。

二、2021 年

说井陉

都说劣势天难转，却有传奇出井陉。
背水百团今古颂，人间正道孕精英。

注：背水百团，汉韩信背水一战与八路军百团大战。

咏天鹅

天教共生尤共死，留单凄苦不独活。
为禽重义尚如此，可叹人间离异多。

清明扫墓

清明扫墓见亲人，泪雨淋淋嘱子孙。
亿万冥钱无一用，难消那世寂寞痕。

突患颈椎病感赋（二首）

一

椎骨伤筋苦若煎，一朝患病试真言。
凭空直下千钧力，全靠牢牢砥柱坚。

二

颈骨神经互挤残，锥挖刀绞痛如煎。
莫轻弱弱微生物，迫害无端也复天。

贺孙七岁生日

腾跃吾家小驹马，生辰日后踏学途。
思将何物助驰骋，传与家存万卷书。

注：孙生于马年，属马。

咏保洁小时工（二首）

一

身轻手快腿无闲，户户清洁亮眸前。
莫道工酬几张票，张张都是汗香钱！

二

腿快身勤串户忙，窗明几净亮房堂。
日酬莫道三张少，汗渍斑斑溢桂香。

小时偷瓜

身抹泥巴贴地爬，动惊瓜佬赶来抓。
紧追欲辨谁家子，光腚溜溜耀眼花。

脑门上的疤

尤记门前那趟沟，群殴两岸掷石头。
对方竟有神枪手，飞子袭来溅血流。

小时偷枣

影过东墙月上梢，朦胧树下拽枝摇。
忽听邻院门吱响，捡起枣儿忙遁逃。

早　市

货满街摊人涌潮，吆呼叫卖鼎声高。
春风拂面观颜色，透见心舒日子陶。

登　山

极顶风光五彩斑，登峰足下踩深渊。
人生入仕如此境，步步心惊胆亦寒。

游中思

观山览水会亲友，觅胜寻遗吊土丘。
今古谁人不迷世，当局几个醒优游？

题小镇街景图

小镇街摊景象多，旱烟掼蛋伴吆喝。
春风四月过民巷，荡起祥和悠乐歌。

群中有题 20 世纪 60 年代乡村爱情画，随附和一首

约会村边柳树沟，姑娘躲闪见人羞。
喜温此类过时调，尽是群中旧老头。

百年心

百年风雨百年天，寒暑阴晴也向前。
不是初心能固守，怎得浪下未翻船！

万年船

百年恶浪打红船，砥砺初心渡险滩。
守住民心制高点，航行万载若石磐。

新宣言

一纪沧桑证道然，乘风破浪向明天。
初心梦想定实现，卷起涛声作誓言。

岳　飞

悲天憾地满江红，破碎山河破碎胸。
何故英雄多饮恨，只因域土烙心中。

赵　云

常胜将军盖世英，单骑救主冠功名。
保全帝嗣绝刘汉，因果祸福谁洞明？

戚继光

南疆北域任奔驰，成就功名晚岁诗。
莫道英雄多饮恨，只因未遇亮天时。

秦始皇

焚坑千载咒秦皇，望远难穿当世墙。
伤谁利益谁狂骂，谁以前瞻论短长！

登蓬莱阁

蓬莱阁上观沧海，古帝求生百世哀。
仙药仙人若灵验，八仙岂不早回来。

注：蓬莱阁乃八仙过海、各显神通之出发地。

参观李鸿章故居

军不克敌君不立，谁能舍命扛天倾！
并非乱世皆英俊，总有奸雄乘势生。

瞻张治中故居

原本出生近草根，情亲百姓有知音。
救国抗日谋合作，度势明时滞北人。

偶遇初中老同学

五十多载各天南，谁料龙钟遇偶然。
不是女儿陪母侍，如何忆起妙龄颜？

说萧红

谁说才女亦文雄，人品低于作品红。
请问光鲜虚道士，几人能著顶篇鸿？

老兵八一梦

青春也践卫国志，难忘军营那段诗。
每到八一皆入梦，仿佛哨岗守值时。

下榻本溪玉龙湾度假村

人在青山绿水中，白云朵朵影随从。
峰峦筑壁成仙境，欣看瑶池腾玉龙。

避暑三江平原

三江览胜自悠然，林海翻波在眼前。
莫道游居食物少，已揣绿水与青山。

观镜泊湖瀑布

万壑千溪交汇来，倾身直下势无待。
明知碎体也从容，只为初心奔大海。

自题小像

记事行来不安分，身为小鸟想鲲鹏。
绒毛未硬强翱展，折翼三番梦始清。

题对弈神童雕塑

一步卧槽得妙着，偷瞧对手脑壳摸。
聪慧不与年龄系，小将偷将老将窝。

观黄河入海口

波翻百里入洪口，水色黄蓝分外明。
只为生来根不净，投身大海亦难清。

吊新声韵先驱赵京战先生

不曾谋面字中闻，新韵新声吊战魂。
阵地先驱今鹤去，普推疑问向谁询？

悼山西诗友、狼社成员李爱莲

未曾谋面见卿诗，丽句高洁神亦知。
可恨苍天妒才俊，收莲去作御文词。

与初中老同学相见于家乡（三首）

一

当年意气似春光，今日秋风白发苍。
易老人生流水去，只留感慨对夕阳！

二

半世飞驹近晚阳，青春换取鬓毛霜。
浮游兄弟归来聚，谈笑平生五彩芒。

三

叶落归根到故乡，欷歔声里共干觞。
欲知别绪深何许，请看离时醉眼光。

汾酒魂

国汾老窖味清醇，酿酒遵崇先酿魂。
欲饮人间真善美，魂馨引向杏花村。

百年杏花村

千年酵酿溢清香，百岁峥嵘别样芒。
一自杏枝承党露，花苞怒放越村墙。

小　雪

半夜梨花舞到晨，林装素裹地装银。
早勤喜鹊树间跃，踩动枝梢雪落痕。

咏　竹

心虚吐纳人间气，节亮袒怀天地根。
虽瘦也离肥沃土，挺直任断不弯身。

立冬（三首）

一

西风冽冽过田畴，残叶飘飘满地秋。
人世几多金色梦，又随流水入冬筹。

二

霜降封天地入冬，今年秋胜去年浓。
世情较量成常态，恶势奈何华夏红！

三

芦花怒放喜迎冬，万物丰登入库中。
冷冽西风嚣叫甚，腾龙岂惧小雕虫。

走　路

一味前观足下绊，始终看脚碰头翻。
远瞻出步相兼顾，万里遥程也不难。

一年之计看金秋（二首）

一

枫叶消红木落黄，寒山冷野覆严霜。
冬来秋去交接际，行色匆匆各自忙。

二

一年之计看秋忙，植物冬眠食进仓。
莫道风萧人寂寂，家家库满不慌张。

新闻报道市委领导帮农民抢收玉米

回忆当年皆大众，同吃同住同劳动。
如今书记下田来，惊动新闻惊大众。

冬孕曲（二首）

一

都将冬日比冰壶，我看隆冬是火炉。
烈焰冰寒熔一锻，钢筋铁骨应身出。

二

莫道隆冬是冰窖，我将冬月当温巢。
若非地孕储积热，哪有开春滚滚潮。

读孙家正副主席祭母文《母亲的 1949》感吟

读罢文章泪未干，深深祭母韵情篇。
回思昨日为今日，更向明天看后天。

注：孙家正，全国政协前副主席，烈士之子。

相见三叠（三首）

一

期期又到牵魂地，满苑芳菲觅一枝。
还是曾经依恋处，绵绵秋雨解相思。

二

一年三百六十日，日日思卿梦此时。
唯恐明朝人去后，何时再见更无知。

三

为了相思却更思，凄凄最是又离时。
依偎胜似小儿女，泪雨霖霖声亦嘶。

真假辩

假亦真来真亦假，糊涂真假是神人。
言行表里浑难辨，世事洞明原在心。

输　液

细管一根静静流，虽无色味灭菌球。
恙身恰似承甘露，点点都拿心润柔。

三、2022 年

入耄耋

未到古稀说古稀，古稀闪过入耋时。
今生尚有几秋度？日历张张不耐撕！

送老战友席上作

异地离情聚落晖，前年别后若长违。
与兄再碰一杯酒，凭长精神约下回。

戏题胆结石

一生勇进累心疼，退后查明有隐情。
捞月摘星都不怕，只因胆被硬石撑。

暮冬雪（二首）

一

日过大寒阳气开，忽然一夜雪皑皑。
残冬妄改时节序，欲把春潮捂下来。

二

岁暮时迎白雪皑，小园已见蜡梅开。
絮花飘舞纷纷落，好似春潮滚滚来。

看手机

一经上手便难离，坐卧行停看入迷。
忘记寝餐不知饿，果然画饼可充饥。

望日观日月

东边明月西边日，挂在梢头落在山。
莫道阴阳不相聚，永结连理两心牵。

树叶（二首）

一

春夏纷繁秋日逝，赢得盛貌笑天低。
高枝占尽扬娇媚，不忌秋风扫落时。

二

历尽纷繁身自退，年年只为绿一回。
明知秋后风旋地，也占高枝展傲眉。

北京冬奥会（三首）

一

京张雪盖吟冰诗，聚健集骄展傲姿。
火炬传来梅怒放，点燃正是立春时。

二

何惧冠情扰北京，长城内外起争锋。
中华自有降魔术，冬奥逐角踏疫行。

三

冰雪英姿台上辉，传金报喜絮花飞。
骄儿未忘病夫耻，赛场风发洗辱威。

枝上春

东风荡漾过林畴，嫩绿悄悄染上头。
喜鹊穿飞枝上闹，咋呼春在此间游。

踏　青

出城大道涌车潮，男女春游笑语高。
熬尽猫冬寒九九，迎风郊外展苗条。

荠　菜

原上娇娇鲜嫩苗，游春男女抢争薅。
分明不是闲时种，试问强摘凭哪条？

叹　时

一去家山身万里，海天激荡五十年。
涛汹浪迫无暇计，靠岸方觉过隙间。

粉　笔

磨痕碎体一根根，只为传知教授人。
尚若贪身惜命死，生来意义复何存！

清明祭（二首）

一

冠疫汹汹阻路程，回乡祭扫未成行。
沉思又现爹娘面，怅望家山叫几声。

二

一年更比一年老，每到清明还想娘。
纵有饮食山海味，不及娘做面须汤。

次韵刘征先生《题当代诗词馆落成琉璃厂》

文化老街开艳花，千年歌赋落新家。
唐诗宋韵烨天地，胜过琉璃日月霞。

有感中共二十大

一大火星明夜时，百年风雨荡污泥。
二十序势昭天下，引领全球作议题。

壬寅清明拜谒李大钊陵园

翠色苍苍陵墓松，初心猎猎啸长空。
百年赓续何以奠，唯有强国可祭公。

熬中药

一包本草一壶水，沸后文煎久慢开。
药性原非轻易取，精华皆是苦熬来。

醒　悟

已过稀龄学写诗，搜肠刮肚内无词。
此生只恨读书少，落笔方知醒悟迟。

登中坞园日月亭感赋（四首）

一

日月亭中瞭望高，坐收四面看天潮。
襟怀辽冀观沧海，背负燕山万里涛。

二

玉泉脚下寿山南，调入丹江蓄库澜。
池水昆波稻田浪，粼光潋滟绕膝前。

三

玉泉万寿续香山，日月华辉皇苑天。
挺立燕峰东眺海，京城缭绕紫微烟。

四

晨看朝阳晚看霞，夜观明月挂天涯。
收割四季真风景，续入壶中慢煮茶。

诗　迷

退后情迷成意痴，不闻世事只吟诗。
疯言醉语君休笑，内里清欢俗岂知！

不　迟

乐误春风播种时，哪来秋果作冬食。
饥寒逼迫若能醒，备稼明年不算迟。

贺神舟十三凯旋归来

一去长空扎下根，归来载满月星辰。
从今不羡拿云手，更有纵横天外人。

祝贺中华诗词学会企业工委公众号《企业诗词微刊》创刊

百花园里花千朵，企业诗词又一家。
从此经营生翅膀，腾飞利润像芝花。

晨

朦胧有鸟叫喳喳，睁眼晨曦透树丫。
抓起手机当牖摄，朝霞缕缕拽来家。

黄

油菜花开遍地黄，金光闪闪满园香。
色闻本是西来语，莫让泊词损正芒。

注：黄色新闻是近代西方泊来词，延伸到文化扫黄，与中国黄色含义不相关。

看地球仪

七彩模仪立面前，对观清楚只一边。
全球入目看无透，何况平居眼望天。

莲　君

菡萏冰洁难入尘，瑶池里面做清神。
不然搜索人间世，数数青莲有几尊。

过亲身改建的住宅区

路过嘉园住户拥，拆迁往事话峥嵘。
其间多少辛酸泪，尽在声声道谢中。

过曾尽职的项目工地

眼中基地草萋萋，犹忆当年创建时。
最是伤悲文化场，竟无高鹗续貂诗。

绝壁松

根在陡岩绝壁中，侧身直立向长空。
若无固守坚持意，顷刻即成倒挂葱。

国产航母问世

健步骄姿下水来，巡逻边海守前台。
孰知对阵威风大，只为红船是母胎。

神舟系列二十三年感赋（三首）

一

神舟陆续准出发，信步闲庭也到达。
廿载追星小圆梦，云空深处已安家。

二

系列神舟十数台，进军宇宙似出差。
紧跟后续连无断，直把时空收入怀。

三

二十多载步无停，来往时空任纵横。
系列频频似流水，要将宇宙荡涤清。

注：从 1999 年 11 月发射神舟一号到 2022 年发射十四号，历时 23 年。

梅雨季（二首）

一

人间六月看天脸，多是阴来少是晴。
玉液洒成梅季雨，淅淅沥沥不消停。

二

断珠沥沥落无停，钟鼓声声战雨情。
六月连阴吃饱饭，家国又庆好年成。

注： 农谚"六月连阴吃饱饭"，预言庄稼大丰收。

游秦汉野长城感赋

秦皇功过是非奇，誉骂孪生入史诗。
纵使残城消散尽，人间还会有微词。

答战友点赞诗（二首）

一

军队熔炉锻炼材，一生过半史中埋。
迟开几朵红白蕊，备作归时摆祭台。

二

兵营府企一生涯，未就功名未就家。
晚岁闲吟芳几朵，留为悼客系胸花。

老友定期聚会

满桌皆过古稀人，老脸乡音倍感亲。
聚饮定期非酒肉，经年甘苦共情深。

送寒衣

袅袅纸烟升野天，坟前烧火送衣衫。
棉袄暖裤万千件，难补生前冬露寒。

壬寅重阳登香山

登上香峰天际浮，秋光更胜往年殊。
云烟卷起千叠浪，岁月如歌酒一壶。

讨　债

借款廿年哥俩亲，如今讨债数十轮。
居身别墅说穷困，送我回家是大奔。

七　夕

一年一度盼今时，星夜缠绵晓又辞。
泪洗郎胸恨天短，相思未了更相思！

又见秋风起

未感时长已见秋，飘飘叶落冷风飕。
无声岁月匆匆过，有序光阴不逗留。

国家公祭日（二首）

一

年年祭日叩心沉，白骨渣躯满脑门。
愤恨凝成天地誓，死身休作丧国人。

二

冤魂卅万葬于斯，十四年吞千万尸。
战犯凌迟无解恨，怒听鬼唱靖功诗！

祭 灶

节前解控尽人欢，年货补足三载繁。
因恋人间烟火旺，灶神从此不归天。

四、2023 年

壬寅除夕思悔（二首）

一

一生效踏建功槎，卅五年节未进家。
回首惊心欲行孝，可怜父母在天涯。

二

为聚精神创业华，生儿抚养也交妈。
入学接到身边育，父子彬彬清水茶。

清明扫墓

阳和三月沐春光，往返人流扫墓忙。
空冢虚行彰孝义，只缘世故有情伤。

为孙荣获少年作家网"文学之星"奖杯感作（三首）

一

日日临窗望太阳，悄然网上露锋芒。
七十辞赋何足道，请看九龄出彩章。

二

癸卯新春呈瑞祥，孙孙网上誉文章。
今天鸁凤腾云起，明日星空亮斗芒。

三

辞赋文章看年少，勤读苦练在今朝。
儿时学贯五车富，日后才升八斗高。

立春日叹染病半月未愈（二首）

一

隔窗望日正明媚，病卧床头心欲飞。
忽见镜中衰鬓色，叹声此际复何为？

二

惊见陌头春已归，病身独倚望朝晖。
心飞寥廓身无奈，一世何曾服过谁！

忠君与报国（古声）

自古英雄家国情，忠君报效两难清。
舍身多为金瓯死，饮恨常因帝诏生。

也说学雷锋（三首）

一

领袖题词是美谈，雷锋事迹至今传。
利人小事谁都会，只是风斜不到边。

二

颂歌唱响万云空，道路群离跌倒翁。
已是阳春天日暖，人心咋就似严冬！

三

好似春风一夜来，雷锋名字又登台。
若得此势能持久，古树何愁花不开！

与在京初中同学首次聚饮

漂南荡北落京楂，坎坷人生难自夸。
国酒三杯烧忆起，别情一酵醉芳华。

踏　青

春阳暖暖爽风迎，玉宇澄清一色明。
大地初萌新雨后，踏青男女漾愉情。

春日逛河滨公园

柳絮杨花飞满天，熏风暖日漫河边。
人间四月春光媚，红杏白梨抛笑颜。

清明泪（二首）

一

每到清明落泪纷，此生有愧对双亲。
在时身距家千里，去后依然远望坟。

二

休说忠孝事难双，悔剩年年焚纸香。
即便烧光千万吨，何如端碗病时汤！

见小学生春游河滨公园（古声）

阳光灿烂照河滨，梨白桃红火雪身。
蝶舞春风童舞蝶，飞飘笑靥似花神。

看花路上

想起当年石乱冈，砂姜遍地漫天荒。
今时踏上游观路，满目鲜花百里芳。

看花人

海棠四月应时开，万亩花潮红粉白。
靓女彩裳童子面，漂波踏浪笑声来。

落　英

花瓣纷纷蝶舞空，道白田粉水漂红。
落身岂是身凋谢，只为乔装大地容。

忆　人

海棠花放映天明，一片缤纷动物情。
郁郁馨风催缅忆，心呼西府主人名。

答谢张明军师友宴请并赠诗（二首）

一

我北君南闯荡人，异身同是沭阳根。
诗牵网赋魂相会，便有灵犀交似神。

二

小城家宴热腾腾，唱和传杯满至朋。
土菜浓香坛酒烈，不及诗友待吾情。

注：小城家宴是酒店名字。

老友聚饮

几个今生莫逆人，如期聚饮为开心。
诚知酒美不及命，量控微醺只半斤。

朝夕人生（三首）

一

朝阳迎面转夕阳，一路奔波一路忙。
送走风华和岁月，回身已是满头霜。

二

无边风月楼头过，滚滚烟云梦里欢。
醒后青春颜已退，心湖再不起波澜。

三

任是人间七彩光，最红不过艳夕阳。
峥嵘岁月心中慰，润养神怡与体康。

堂侄婚庆宴上思叔父

堂侄婚宴喜盈门，婶婶家兄笑脸亲。
我乐极时忽转泪，遍寻尊位少一人！

借　钱

借入套财皆富绅，借出只为扫穷根。
倾家血本讨无处，欠债凶如黄世仁。

新来保姆

保姆新来岁五七，工资催转卡中急。
闲聊忽诉劳辛事，小女今年读大一。

人间流水

小溪顺势大河收，不改初衷向海流。
如若人心恒似水，世间至道有何愁？

饮　梦

起饮午茶呆看纱，重粘碎梦忆梅花。
芳华已逝难为赋，一缕酸凄隐面颊。

搬家工

三个运工独自担，身背泰岳上楼山。
欲知心力源何处，小女昨接录取单。

爬山虎

雨露阳光洒遍藤，齐头并进上蒸蒸。
问茎何至同心力，只为苍天掌下平。

也说新旧韵标注

新文新字用尤亲，何必添足注韵音。
变色古玩今上市，不标型号怎识真？

游览因事回京

凭空又起浪三层，兴扫情消返路程。
坎坷一生无愧事，何妨再忆旧涛声。

读书日赠孙

爱好读书胜万千，其间美妙有酸甜。
山高海阔非无际，恒路勤舟总到边。

立秋得句

东风瑟瑟过田畴，脚步匆匆不滞留。
季候更迭何必叹，莫将愁绪入新秋。

追　时

四季轮流秋又到，光阴驰骋天无老。
总将万物后身抛，谁与时间能赛跑？

耳聋自题

碎语闲言不愿听，狂风骤雨未曾惊。
人间万事无绝对，耳到聋时心更清。

水 杯

里外跟身不离手，随时需要随时候。
若生大脑有思维，是否还能如此秀？

人间九月九——纪念毛泽东逝世 47 周年

难忘人间九月九，四十七载未曾走。
苍旻自是有公评，能获民心天地久。

幼孙抢座

吃饭孙孙抢上席，爷爷下首候其右。
尊卑颠倒已寻常，却看爷孙极享受。

中秋望乡（四首）

一

每到中秋绪更稠，千丝万缕上心头。
此身永作他乡客，叶未归根意未休。

二

初更月上柳梢头，望月恍如乡里游。
玉米高粱金满地，家家户户话丰收。

三

明月高悬照九州，家山灯火似星稠。
当年那个豆油盏，隐隐闪于心里头。

四

十五月儿十六圆，隔窗望月夜难眠。
琼浆纵使天天有，不似家乡井水甜。

教师节有思

过节快乐也心担，高考难兼就业难。
不怕幼苗不成树，更思桃李落何园。

秋　分

一日秋分一日短，一场秋雨一场凉。
秋分过后春分到，何惧人间黑夜长。

秉　性

吵闹半生急动手，而今互助搀扶走。
居然秉性也能移，定是人生全看透！

小雪无雪

一夜寒流万树空，千山瑟瑟北风凶。
害羞小雪不出聘，大雪婚时陪嫁冬。

香山红叶红（二首）

一

为观枫叶上峰巅，燕脉翻波腾紫烟。
十月霜花醇似酒，香山一夜醉红颜。

二

十月香山彩色妍，群峰烂漫醉游仙。
枫林霜染红如火，烧赤京西半片天。

大　雪

北风呼啸向南吹，大雪悯农大雪飞。
但愿千层棉盖地，明春小麦不施肥。

世　事

物生天地色颜乱，时过春秋尘雾蒙。
世事浑如万花筒，斑斓横竖看无清。

贺五岳诗词社成立五周年（三首）

一

满群老朽赋新诗，催醒枯丫发秀枝。
五载开心吟和唱，白头影影转青丝。

二

微刊千万若星辰，闪闪光辉照厚坤。
存旧推新登五岳，此群独占泰山尊。

三

五年浇灌向阳花，默认新声是首家。
今顾园中详细看，仍然傲雪一奇葩。

观雪（四首）

一

日日临窗望玉台，过时大雪漫飘来。
问君何故又迟到，只为秋丰发未白。

二

琼花万里漫天开，狗苟蝇营雪下埋。
身是晶洁除垢剂，欲将大地洗清白。

三

万里山河铺絮白，梅花绽放雪花开。
人间今始浴冰火，孕育清明春到来。

四

漫天祥瑞落纷花，一片明光亮万家。
只为年终积旧重，且将雪洗孕新芽。

冬　至

节临数九见真章，冻地冰天寒气昌。
小雪纷纷大雪舞，为冬缝制嫁衣裳。

望　春

莫道冬寒天酷冷，望春能暖冻冰身。
漫空大雪纷纷落，浇旺心中火一盆。

五、2024 年

元日望日

清晨矗立望朝阳，如火锋芒耀四方。
今日何超平日亮，一年起始送吉祥。

大寒日

极致大寒刮北风，漫空怒号向南倾。
莫听冬令唱高调，内有春潮报讯声。

与病危堂姐手机通话

同锅吃饭血缘情，孙辈行中你最明。
未到寿年先我去，永别声泪碎荧屏。

逍遥人

退休便入旅游潮，行似轻松吟唱高。
早落一身慢病痛，逍遥也是半煎熬。

雨水时节雪纷纷（二首）

一

节过新年雨水时，长空又送雪花诗。
我夸天佬懂民意，春麦喜得甘露滋。

二

得时雨水胜油贵，入夜飘飘铺雪被。
农户心中熨斗磨，今年要抱馒头睡。

注：农谚"今冬雪盖被，明年抱着馒头睡"。

开　春

临窗眺望水云台，暖暖东风扑进怀。
忽见幼孙呀口笑，桃花吐蕊绽春开。

思　君

心空夜寂月光柔，挨过年关仿若秋。
去后微机无点处？思君难耐望渝州。

不　空

俗尘历尽体轻松，未就功名想也通。
余岁更得吟唱乐，死留诗赋亦非空。

贫富易

智愚差距本天生，贫富如牌输与赢。
每到终结必重洗，平衡情绪再相争。

日日窗前望朝阳（十二首）

一

日上中天华夏红，今朝不与旧时同。
光泽普照人心暖，幸有窗前一老翁。

二

独坐窗前放眼眸，细观红日上山坡。
天天准点准时到，不负苍生不负国。

三

冉冉东升美旭阳，蓬勃朝气动心房。
仿佛回到青春季，阔步昂扬辞故乡。

四

红日徐升到正南，普天温暖送平安。
今生能获春华放，为有新阳照世间。

五

每望金轮似火喷，光辉落照暖身心。
平生阅历常回味，唯有朝阳不负恩。

六

灿烂辉煌日一轮，温馨沐浴胜慈亲。
不愁冷热无人会，但有朝阳可暖身。

七、四季

绕日环球西转东，一年四季景无重。
春花绽放夏晴翠，秋果充实雪满冬。

八、春

笑迎暖日赏春光，河柳婀娜堤岸芳。
贴面屏息听鸟语，隔窗吸气嗅花香。

九、夏

炎炎似火炙田苗，阳气充足绿叶陶。
未见人心如烫煮，家家府邸享空调。

十、秋

时入秋分渐转凉，气凝冷露穗凝浆。
风催雁队空中过，霜打果实粮满仓。

十一、冬

寒夜飘飘雪后晴，东升圆日亮如晶。
银光洒遍洁白世，此际人间最透明。

十二、环球

日日窗前观日红，环球轮转季无同。
东西明亮对黑暗，南北夏炎和冷冬。

小路行

人生多在径途中，更踏沼泽路几重。
纵有诗歌行唱远，光明大道在心胸。

二月二

百年晦气悄然收，来似狂飙势卷球。
那是盘龙今睡醒，东方冉冉正抬头。

蜗　牛

生来甭为住房忙，傲慢腾挪游四方。
全仗荫袭传代代，任凭风雨不慌张。

游　泳

泳池百米比游长，快速来回凭技强。
莫看无风亦无浪，轻心仍有溺身亡。

吟春分秋分、夏至冬至四节气

宇宙阴阳一体收，黑白增减循环周。
夜长日短何须惧，每到及时自调头。

清明——逝后的感恩节（二首）

一

无意文公悔已迟，君臣再见恸扶尸。
劝卿恩报须及早，莫待楼空人去时。

二

清明源自愧心伤，割肉活君恩岂亡。
即便年年坟上祭，斯情亏欠补难偿。

颐和园里观飞絮

柳絮花飞路上游，戏撩人面不觉羞。
儿童扑舞难捉住，粘上眉梢插满头。

老年群

退休享受找新鲜，日日群中话抢先。
一过古稀声渐少，千呼万唤不发言。

参观汝窑遗址

窑址坑穴棚护中，样炉三座火通红。
细观膛内纯青焰，犹见汝瓷立顶峰。

游览祖庭香山寺（二首）

一

祖庭大寺立山肩，宝塔一峰耸入天。
华夏终归肥沃地，菩提入定更光鲜。

二

香山古刹寺渊深，入座祖庭观世音。
不是神州有灵气，菩提岂可久扎根。

观魔术师表演有思

魔术师高有特功，掌中俗件握无踪。
何如令尔除贪腐，定让江山清朗空。

马街书会听说书

逗说弹唱笑连连，字正腔圆俗味甜。
声悠久远神州韵，穿透时空千万年。

观白狼狂草书法展

竖幕横幅织锦帛，线条飞舞漾纹波。
行云流水风声起，吹动一池墨绿箩。

见颐和园京密引水渠反向流

长渠浩浩湛清蓝，汩汩翻波流入园。
北向已非云库水，南来千里汉江源。

注：云库即密云水库。

暴风疾雨后见树折巢倾

一阵暴风急雨倾，合围柳树道中横。
覆巢地上无完卵，旁有哀伤凄鸟鸣。

端午节的悼念

一曲《离骚》愤满怀，两千载过唱无衰。
而今社稷晴空朗，何处寻得古郢台？

《离骚》之魂

怒火燃烧势必喷，汨罗江上对天吟。
魂灵浪漫九霄碧，香草美人传到今。

物美有神传

但凡事物美如仙，必有神说留后传。
可见民心皆向善，愿将理想化人间。

清漪园时的睇佳榭

位置最佳观锦湖，长堤垂柳六桥扶。
景明丽影岳阳韵，孔洞卧波涌彩图。

清漪园时的怀新书屋

稻田一片对书屋，望断西山绿玉珠。
着意怀新牵四季，人间稼穑永堪读。

咏　蝉

抱定高枝奏亮音，但凭一曲到如今。
劝君莫笑唱腔老，坚守初心情最真。

八一忆军营（三首）

入　党

青春似火正芳华，开在军营风雨崖。
犹记当年攻虎口，战前宣誓岁十八。

立　功

架桥筑路战天涯，采写典型军报发。
连队名声逐日响，评功夸我笔生花。

值夜岗

那天感冒体发寒，睡过时间迟到班。
跑至岗前神一愣，位中连长立巍然。

闻颐和园宿云檐供奉的关羽银像
劫难中被英法联军掠走，后改供牌位有感

拆骨装箱落盗庭，扎心讽刺不堪听。
破身当作银钱用，侮圣淋淋胜麦城。

文昌阁前问帝君

执掌升迁录用权，满朝文武少忠贤。
莫非皆染爱资病，不爱江山只爱钱。

退休后体检

年年检体老规章，扫肺超肝验血浆。
尽管慢疴增不减，仍然朝气似初阳。

秋　分

又到轮回日正中，阴阳昼夜喜相同。
星辰宇宙皆衡等，人世因何总不公？

秋　雨

昼夜潇潇未停下，小溪流水响哗哗。
一场秋雨一场梦，又送凉风入万家。

咏泗洪水杉林

横竖成行参入云，一般高矮孪生魂。
集合列队行方阵，犹似当年新四军。

注： 江苏泗洪当年是新四军活动根据地。

悼新韵先驱王同兴先生

未曾谋面早闻名，新韵新声麾帜擎。
战斗未终乘鹤去，接旗誓不负先生。

参观双沟酒厂

夏草湾中曲味醇，天然浓烈醉猿魂。
一醉眠休千万载，醒来苏酒满乾坤。

国庆节宅家（三首）

一

节日人堆莫去扎，宅家守静避喧哗。
南流北涌如潮水，何必助波添浪花。

二

节后潮消人不哗，淡云朗日满天霞。
南城北岭清风溢，背起双肩走海涯。

三

十一战友览河峡，微信发来虎口霞。
忽见当年流汗处，心魂缕缕冲出家。

注：双沟镇夏草湾出土 1000 万年前的"醉猿化石"。

送机东航岛国之示儿

离家别土告国闱，欲试东洋与夏非。
切记今昔时势转，逆船已变顺风飞。

送机东航岛国之问孙

十龄随母赴东洋，可晓樱花根不良！
孙欲改良今上阵，待夺首相可联邦。

甲辰除夕守岁

耐观春晚待屏前，触碰零时即尽欢。
钟响人呼鞭炮点，迎新送旧闹蛇年。

赓和褚宝增副会长《甲辰除夕夜》

鞭炮燃空声已罢，阖家守岁意无暇。
虽怜春晚难如意，仍把吉祥心里发。

夏夜雨后晨

雨后园林日照中，荷花映彩满天彤。
池塘水涨蛙声鼓，鸣鸟和声合几重。

闷骚哥

看似无声秉性各，谁知是个闷骚哥。
借得小酒摆八卦，一过三杯口若河。

再题手机

一机在手简装行，吃住商游皆点屏。
若把世行皆绑定，环球共产不须争。

立　春

东风渐暖物华兴，柳眼初开景色明。
残雪消融寒意散，芳回大地悄无声。

六、专题组诗

咏家什三十首

筷　子

服务千家万户餐，贫穷富贵待同颜。
酸甜苦辣皆尝尽，不改耿直立世间。

铅　笔

皮厚嘴尖心不弯，前仆后续永趋前。
千刀万剐身消尽，留下清痕白纸间。

碗

能扛糠菜岁穷苦，更验国强民富甜。
吐纳乾坤行日月，诞生愁乐赠人间。

笤　帚

生与垃圾冤对家，天天扫荡不容它。
厅堂里外清干净，躲在旮旯行暗察。

镜　子

生作明君乐助人，化妆消丑造天神。
可惜仅会观颜色，只辨光鲜不辨心。

墙　壁

笔立挺胸经久年，风吹雨打亦无言。
只因自我常思过，身正力强能鼎天。

凳　子

守岗看家坐大堂，迎亲待客日勤忙。
只因腿固身端正，载重若轻时久长。

沙　发

稳重柔情最暖心，出门还恋与相亲。
可惜筋骨渐磨损，上场终成软脚神。

桌　子

端端正正坐厅中，有序尊卑位不同。
老少三餐绕膝下，亲情睦爱乐融融。

切菜板

转转兜兜入府门，弃材终变价值身。
为酬家主恩知遇，万剁千刀无怨音。

菜　刀

薄身坚硬双边亮，每举都切两面光。
莫道中庸和事佬，但能公正便刚强！

勺　子

小巧玲珑夸自能，与人亲近任逢迎。
舀来四海咸甜味，融入三江滋润情。

窗　户

留洞通光墙上边，一年四季锦霞烟。
若非真有心灵亮，定是生活不见天。

楼　顶

平顶小楼烟里家，四时登上望云霞。
风光八面天高大，岂会活成井底蛙。

床

宽长两米软弹簧，专为主人消困忙。
艰苦辛劳皆不怕，躺平入梦是天堂。

衣　服

本为生存御寒冷，活出漂亮与争身。
问君冰雪临头上，保暖风流谁最亲？

帽　子

有形帽子能保暖，无形帽子可杀人。
古今多少风波案，文字冠中尽丧身。

注：第一句格律为故意突破，起强调作用。

鞋

行途最怕着鞋小，做事更阴穿小鞋。
终日惶惶肝胆颤，一趋一步扣心结。

地　暖

不见连通不见身，也无声响也无尘。
何来室内腾腾热，为有暖流层下循。

空　调

飕飕冷气降炎情，舒坦跟来肩背疼。
科技输凉虽是好，伤身却胜自然风。

锅

胸中煮沸三江水，体下烧红一太阳。
烹尽人间美食味，满腔热气为民康！

书　柜

贴墙默默悄无声，探内滔滔骤雨风。
时代浪潮汹涌下，硝烟滚动铁骑鸣。

新茶具

启动开关自煮茶，透明智控可观察。
壶中煮沸乾坤气，杯里漂浮日月霞。

盆

居家过日显多能，装菜端食盛美羹。
洗涮舀来江海月，储存收进好年成。

剪　子

交叉支点小杠杆，软硬投来皆绞烂。
各类家什任手裁，情丝一缕却难断！

水　杯

内外跟身不离手，随时需要随时候。
若装心脏有思维，是否还能如此秀？

门

生活处处是明门，透亮通风走正人。
若见祟为行暗处，当心必有鬼邪神。

化妆品

油腻生来作伪膜，乔装修饰女颜多。
紧勒裤带疯狂购，只为虚荣是恶魔。

大白菜

充作主蔬供市场，从来只售最低价。
丰收只为保民生，怎以价格论功大。

野　菜

大地整容风景田，野生蔬菜已艰难。
旧时保命充饥草，今日抢鲜成贵餐。

咏稻米九首

春　耕

雪化田苏暖气升，晨昏布谷叫春耕。
农时一刻如金贵，急性铁牛抢地哼。

注：抢，读一声，头触地。

灌　池

闸门启动畅欢流，浸透秧床满地沤。
莫道无情皆水火，青苗插入似鱼游。

插　秧

三月池田水色光，一湖倩影舞插秧。
点活希望微微绿，祈盼经秋片片黄。

禾　壮

蛙声催快稻禾长，转眼池田盛绿装。
体壮叶肥油彩溢，南风拂过送清香。

抽　穗

秋风孕穗子生浆，冲破衣苞花絮扬。
飘落田间粘作土，牵出胎米沐金阳。

晒　浆

粒粒挨挨青转黄，舒舒挺挺晒阳光。
旦得饱满皆垂首，不向人间显傲狂。

成　熟

又到秋实收获季，满池熟稻赛黄金。
株株垂首颗颗壮，美景佳食两诱人。

收　获

机收稻谷屑飞扬，弃体留头粒进仓。
一世匆匆无懈怠，金袍退去玉存香。

上　桌

桌桌米饭漾清香，九九归一入胃肠。
世上人人可得饱，几知稻米一生忙？

一场没有硝烟的战斗（十三首）

战　争

感染成灾来势猛，乌云滚滚罩江城。
如从虎口夺人命，不见硝烟起战争。

支　援

一方有难九方援，自古神州棋一盘。
各路诸侯发号令，援军队队落江边。

子弟兵

三军传令两江边，陷阵冲锋总在先。
国难每逢充砥柱，眸前幕幕现当年。

援　车

援救物资龙道行，条条通到受灾城。
源源不断如流水，浩浩长江一脉情。

明　星

捐款纷纷有艺星，亲人遇难亦伤情。
诚能贴近再贴近，可止民间辱骂声。

送行（古声）

隔窗告慰语叮咛，又送白衣去水城。
笛响声声都是爱，车车载满别离情。

送妻出征

窗中切切叮咛语，窗外戚戚嗯点音。
笛响一声车去远，遥空回荡是真心。

嘱　妻

序：某医院领导抢救病人数月未回家，妻子来看他，落泪。

莫抛儿女情长泪，顾好家中子与娘。
难遇人生真战场，今生助我有担当！

示 儿

收起小儿情泪长，宅家作业竟优良。
从今要立担当志，莫做江城混世王。

问 候

隔离救治寂无情，微信频传有热风。
句句关怀似春暖，融融爱意化冰封。

升 华

治愈患者走出门，跪拜白衣嚎泪奔。
试问伤悲何至此？我曾医闹一浑人。

参 战

本是归休寂寞身，宅家战斗焕精神。
江城鼙鼓声声震，我亦歼敌上阵人。

胜 利

三月樱花烂漫开，江天雾散鹤归来。
天灾熬过晴空朗，浩荡春风扑泪怀。

卷 二

七言律诗

一、登日月亭律传十八章

登日月亭律传十八章

序：退休后移居京郊西山中坞园。园中有高亭，名曰日月亭。登其顶，首都及燕赵京畿之貌一览无余，令人心旷神怡。余常登亭览望，感慨世事，遂赋律传十八章简述平生。

（一）引句

感世来登日月亭，凭栏放眼望京城。
云烟滚滚来心底，思绪滔滔忆此生。
翥凤腾龙南子梦，驭鹏策马北雄风。
纵然回首余遗憾，铭句章章有振声。

（二）耕读童年

索居燕脉复思长，每忆贫微念故乡。
生遇翻身主人运，成泽救世太阳光。
家国穷困民发奋，老幼饥寒自振翔。
面土背天耕笔夜，油灯熬尽梦腾煌。

（三）荐读高中

县城两载念高中，赤手白壳空对空。
破壁偷书寻正道，结帮闹派逞英雄。
学农踏遍田间土，习技充当厂内工。
再教蹉跎反得教，乘风跃过隘重重。

注：空对空，即老师空手，学生空壳（脑袋）；再教，知识分子接受工人阶级再教育的简称。

（四）筑梦军营

退去青衫换武装，罐车一夜大河旁。
进军号响惊壶口，放炮声隆震吕梁。
练笔初发《反光镜》，镀金先做喂猪郎。
心存梦想不言苦，暮暮朝朝有太阳。

注：《反光镜》，文章的题目。

（五）梦破平阳

青春绽放管天岭，峡谷燃为炉火膛。
筑路爬坡山负我，掏心掘洞我背梁。
风机钻壁穷身力，石雨击头许命扛。
笃信兵营通至道，不承初恋落平阳。

注：驻地临汾古称平阳。

（六）落魄京城

丁巳春风久不来，京城冷气透心怀。
权衙利府红灯闪，贵胄高朋白眼开。
幸有世交留夜宿，亏得窗友给食材。
难为季父求人矮，终落国营建筑台。

（七）自学文凭

常道至强须至苦，从来翰墨靠勤耕。
日劳工地背英语，夜解习题落晓星。
文法考得学士位，经闻函授本科生。
私将燕秀比高下，誓以华章铺路程。

注：文法，即文学和法律专业；经闻，即经济和新闻专业。

（八）创业建安

低位平台愿不甘，钢筋泥水塑形颜。
高招落第情无堵，媒聘辞回意更顽。
振企疾书革制案，统兵操舵顶风船。
十年跃马身居首，一任解职人靠边。

注：建安，建筑安装公司简称。

（九） 逼迫私奔

沙水通州寂不舒，依刘弹剑我难图。

无职无禄心无愧，有报有怀情有蹰。

多难深识千古事，一劫胜念九年书。

拒婚禁嫁理何在？逼迫私奔月下途。

注：沙水、通州，贬放之地名；拒婚禁嫁，本单位不任用也不准调出到外单位。

（十） 雄图广电

聘入公职梦更浓，攀阶竞绩力争雄。

践行服务商营化，开创收支核算通。

地产扩增翻百倍，宅房建住暖千冬。

仕途伴业成时尽，醒后方知非在功。

注：服务商营化，即中央国家机关后勤服务商品化改革。

（十一） 贬放情结

当签释件解群难，事贬基层为动迁。

沥血建成宅两院，殚精筑就厦三篇。

暑寒经历人心里，功过留存民意间。

坦荡袖中无染物，清风送我上新天。

注：新天，新单位"新映集团"。

（十二）任职新映

电视传播占位强，新闻影片热风凉。
公司入市谋发展，老企振兴凭舵航。
逼走高峰开创路，急需助力领头羊。
不才放任得青睐，斜点罚球中正央。

注：新映董事长名字叫高峰。

（十三）点亮心灯

新映峥嵘岁月稠，百年璀璨黯然收。
倾情再造高峰景，极力争开产业楼。
绽放青春燃二度，拆迁老朽解三愁。
责疑赞誉由它去，点亮心灯力正遒。

注：老朽，时年近60岁，第三次做拆迁项目。

（十四）癌症袭来

可恨肠癌搞暗袭，恰合歹意设难题。
抓机换帅审查久，造势延时冷冻迟。
天叫成功多历难，鬼施铩羽少能支。
若非尔到壮行色，谁给此身添彩奇！

（十五）魂殇动漫

放任途中恨不能，情结动漫筑新城。
精心创意筹规划，赤手融资赶进程。
十载攻关长卷起，一朝换帅大梁倾。
魂殇断壁埋基底，躯转沧州向晚晴。

注： 项目名称为"动漫文化城"。

（十六）坞园夕照

一自归休远市区，青山静水坞园居。
再无事业消遗憾，赖有诗情涨不虚。
网字微词抒意快，朝霞暮霭染身愉。
甘将余血涂文苑，闲赋东篱陶令菊。

（十七）夕照花开

再振精神学旧体，重拾爱好入诗坛。
遍游南北东西景，赋写人文山水篇。
格律新声争万首，合集选本撰十编。
点完网笔春秋页，涂艳此身多彩斑。

（十八）结句

辛卯单开四月花，未曾谄媚染俗瑕。
不防暗箭齐天斗，自恃雄心从地拔。
三起三沉频度魄，六劫六进累生涯。
浪涛踏尽终归岸，落在西山赋晚霞。

注：某干支年在各世纪中是按"一单两双"规律循环出现的。20世纪只有1951年一个辛卯年，逢单，4月生人。

二、2020年前

登西山感国事
——赋在党的十九大闭幕时

重阳登岭望国徽，幕落京城腾紫薇。
几度沧桑物还是，两安社稷面觉非。
传承要创新思想，接棒须抛旧作为。
外器学来雕汉玉，再扬华夏古神威。

文化产业梦

跟进三年动漫城，头白与梦共增生。
重燃二度青春火，再踏千层影视峰。
忘却被出衰病体，痴迷还恋建楼情。
执着只为花开树，哪管身前死后名。

赋在基地授牌时

腊月春风入帝京，迎来项目起新程。
拆迁屡次吞酸泪，筹建经年沥血情。
甘弃青山终老境，愿为绿野采芳蜂。
虽遭寂寞心消恨，动漫成城慰此生。

2013 年重阳登北山凤凰岭抒怀

九九还登古凤台，秋阳枫火照苍怀。
酣酌老窖黄花酒，造就平生绿叶才。
白首存心搏浪去，青山仗义架桥来。
退休日过难停下，重把归期岁序排。

2015 年重阳雾中登动漫城基思退

茫茫迷雾罩心中，伫立城基怅望空。
九载折磨削健肉，十年困守孕僵龙。
微躯易退情难退，大业无终意未终。
但愿后君齐努力，风歇雨过见天虹。

2017年重阳登日月亭有思

六六人生意味长，独登日月感苍凉。
西山枫岭红颜老，东地都城紫气昌。
落叶萧萧动秋色，虚怀磊磊起沧桑。
自斟菊酒温寒胃，聊壮精神伴晚阳。

五一假日独坐昆明湖畔

难得假日觅清幽，独坐皇园思未休。
朗朗晴空望云走，粼粼水底看鱼游。
风亲湖面柔波起，人恋仕途激浪流。
纵是鲲鹏难展翅，何如鸳鹭戏沙洲？

大病愈后生日于林中漫步作

夏来春去绿欺红，裹雾披霞夕照中。
翠柏青竹携伴侣，长亭短椅务时工。
人间俗事皆抛尽，我自轻身格外松。
今日安然逾六六，明朝信步踏沧穹。

七仙岭休假叹动漫城项目久搁置

悲情动漫久凋零，日废千金人不疼。
我辈初心任褒贬，尔曹职利拒传承。
轻身效力折腾死，重位虚名只为升。
怅望南国潇暮雨，愁听北域雪风凌。

购农居

告别花甲起归心，远购农居欲效民。
有坞没船叫中坞，是村无证号新村。
窗含燕岭天寥阔，门对昆湖水漾粼。
千亩林阴隔闹市，鹧鸪阵阵唤抽身。

中秋夜望月

独上西山望月亭，万家灯火月分明。
身缠街市厌尘浊，心向蟾宫觅净清。
寂莫嫦娥频起舞，萧疏丹桂漫飘零。
扶摇直上寒霄殿，恳借归田就地耕。

辞　别

题注：投身文创产业基地建设 14 年，历经三任领导更替，中途至今久搁置。自知无力回天，只能辞别归去。

十四年经霜雪寒，头白枉建废城垣。
开基未固频更帅，守业难成赖换班。
三任恰如三段状，一期更比一期残。
万般无奈辞归去，忍把初心殇祭天。

弃聘归来

一弃残城俗事休，再无烦恼挂心头。
巡玩山水吟诗句，宅览图书泛字舟。
晨浸园林行健步，暮酣酒鼓梦优游。
携孙出入随天性，传道人生乐与忧。

辞聘归来恰是 69 岁生日

起自农村稼穑人，归来恰好是生辰。
耕读阡陌搏天命，砥砺筋骸守雁心。
骋马关山蹄奋断，争鳌部府体伤痕。
未分成败身临岸，头满霜花鬓满尘。

新居落成

翻建农居四载成，邻欺恶诈患余生。
背依坞苑林阴地，面浴船湖水润风。
平顶拉穹作茶坐，少层入室免梯行。
知足已越民千户，更晓人间有草棚。

迷入诗词境

记忆年来似糨糊，唯余诗酒未迷途。
曾经荣辱消无影，读过辞章闪若珠。
鸟叫声声弹耳鼓，句成字字入微书。
宅家赋作诹群友，群主峰高恳做徒。

2020 年重阳节登日月亭赏秋

岁岁重阳意未重，今思不与那时同。
深情事业情消尽，浅趣诗词趣转浓。
信步登高临日月，清心淡雅望云空。
朝晖已落西山上，欣看飞霞织彩虹。

鼠岁杪感赋

坞苑家宅白发滋，云孤鸿断自清思。
身休欲过轻松日，因病活成谨慎时。
健体无独靠食药，娱心有赖赋诗词。
料知此后寻常态，多是单行乐聚稀。

心　安

救治隔离严闭封，微频送暖似春风。
时时护士关怀语，日日亲人慰问情。
费用支出社医保，生活供应党担承。
家国厚爱能如此，生死任它心也平。

拜谒中山陵

风云滚滚乱华中，幸有翠亨腾巨龙。
济世悬壶三主义，改朝换代一英雄。
推翻帝制国难立，陨落京城愿转空。
后继操戈同壁室，淘沙浪上现惊鸿。

紫金山上眺

秋风送我立晴空，回首金陵收眼中。
蔽日遮天青橄榄，勾肩搭背绿梧桐。
苍穹万里云浮北，白练一条银泻东。
大地似幅山水画，蒸腾紫气有潜龙。

乘舟过微山湖

雾色空蒙湖水阔，微山点点似青螺。
驰舟犁后两条浪，飞艇航前万顷波。
敏敏野鸭忽隐现，悠悠舢舨慢穿梭。
艄公遥指峰墨处，今晚岛中鱼火锅。

登微山望湖楼

望湖楼上望穹边，天地苍茫云水间。
北纳京畿雄帝气，南吞吴越锦霞烟。
太行泰岳双神卫，鲁蕾苏苞并蒂莲。
乡土家园鱼味美，何须世外觅桃源。

注：鲁蕾苏苞，微山湖地处山东和江苏交界，分属两省管理。

游虎丘

阖闾雄体葬斯丘，演绎姑苏古帝州。
吴越春秋烟火幻，明清唐宋宴歌稠。
刀枪剑戟留遗迹，岁月风华传艳讴。
塔影悠悠系城魄，千年底蕴泛潮头。

我爱贝加尔湖

贝加尔湖，地球上最大的淡水湖，曾是我国固有领土，汉朝时称为北海，汉使苏武曾被流放在湖边牧羊终了一生。2016 年 8 月我有机会游览了此湖，一睹她的壮丽雄姿，不胜感慨。

平生慕做水山侠，少小神思北贝加。
湖面无边疑阔海，月牙尽处是天涯。
洪荒富庶丰姿色，清澈深闳娇贵花。
恨不苏郎由我替，化着峻脉护呵她。

注：整个贝加尔湖的形状像一弯新月。

三登黄鹤楼

序：2018 年 10 月路过湖北第三次登黄鹤楼，距第二次（1997 年）21 年，第一次（1975 年）43 年。一次和一次不一样，感慨赋之。

卅载三番登此楼，新城耸岸大江流。
晴川不见汉阳树，瀚水无寻鹦鹉洲。
鹤去前贤终未转，车来今士纵情游。
浮云片片天空过，千古悠悠还复悠。

吊忆初中语文老师方光

追思年少读书事，桃李春风沐浴情。
下放师人人品贵，支乡施教教心诚。
儒学典范传新代，艺术文章育众英。
剥落尘埃五十载，群芳烂漫吊先生。

五十年后回母校（三首）

一

半世沧桑回沭中，人非物换靓新容。
条条绿道苍梧老，个个瑶姿彩凤琼。
教室朗声传远陌，河桥柳影曳接虹。
寻无他日旧模样，唯见空前圣气浓。

二

倥偬一生逐梦中，青丝白发越匆匆。
百龄黉府漫桃李，七彩丹山腾凤鸿。
学妹学兄学业霸，跃峰跃冠跃门龙。
长江后浪高前浪，羞煞当年闹海童。

三

又见校园情动容，当年板荡撞心胸。
摧枯扫朽刷天地，破旧革新树匠农。
昂首扬眉宣队长，低声下气教职工。
复学禁复教书案，赤手白壳空对空。

三、2021 年

小住青城山（二首）

一

开春又到蜀巴川，心泰情舒不似前。
昔累庸庸不问道，时忙碌碌掠观山。
今脱羁绊悠闲日，只为逍遥拜谒仙。
久慕青城名胜地，奔波千里入霞烟。

二

青城翠色任游玩，阅尽前山阅后山。
壁绿千峰雕险峻，沟透万壑染斑斓。
岑巅绕雾翻波海，腹水流岩汇玉泉。
幽处烟霞笼秘洞，参经问道访神仙。

谒成都武侯祠

熙熙攘攘涌人流，为谒真容到此游。
天下贤祠贤自位，都中相庙帝同俦。
六出两表酬三顾，一拜一托垂万秋。
父子君臣兄弟范，忠仁孝义满堂收。

注：成都武侯祠是中国唯一君臣、父子、兄弟供奉的祠堂。

春节在阳朔（三首）

一、桃源

都道桂林天下甲，我说阳朔不输她。
奇峰秀柱环身立，曲水澄江绕地哗。
银杏封村漾清气，青榕墨野缀鲜花。
游船迷入桃源里，始信人间有隐家。

二、河畔

千山万壑尽朝晖，河畔楼台看翠微。
击水漂流穿堰过，捣衣震荡撞山回。
农家乐里烹香漾，游客群中笑语飞。
晚饭已约烧烤宴，草鸡江鲤酒三杯。

三、清晨

独立浮桥身浸纱，晨林静默水低哗。
龙河慢启金睛眼，天际屏开雉尾霞。
极目山头团彩雾，聚焦藤上露红花。
一吸一吐爽心肺，康养何须参鹿茶！

上峨眉山金顶看云海

峨眉半落入云烟，盘上峰巅别样天。
眼望晴空遥去远，舰驰阔海缓趋前。
银棉滚动翻波浪，金顶漂浮坐浪尖。
确信身居层雾外，再无阴霭染心田。

登阆中古城华光楼

登楼俯瞰古城中，史笔春秋刻峻容。
水绕三方圈圣境，山围四面立刀丛。
嘉陵永注清流液，秦岭长屏险要冲。
最是南关江锦绣，满城张记肉香浓。

注：张记，即张飞牌牛肉店。

游安康瀛湖水库

沔汉东流去路长，瀛湖立坝蓄琼浆。
近观库貌惊千岛，远望江峡回九肠。
水阔鱼游原始貌，山空鸟唱自然堂。
晨辉晚照斜阳里，碌碌渔樵着彩裳。

注：千岛，杭州千岛湖。

初中同学首次相聚（二首）

一

五十年后首相邀，万觅千寻人已寥。
两鬓斑白头锃亮，三高越线体发飘。
纵情谨记崩支架，饮酒提防升指标。
笑忆童真情趣乐，叹息几位竟仙夭。

二

叹息感慨乐哈哈，回首当年笑议她。
王子如今斑两鬓，校花早已皱双颊。
曾萌慕爱羞金口，暗带相思闯际涯。
岁月蹉跎皆并蒂，余生缱绻各偎家。

访旧不遇

一路奔波到祖村，荒宅冷落触惊心。
昔时孝探家亲长，邻里玩童闹满门。
今日来寻少年伴，院中罗雀静无人。
已知青壮谋生外，更累翁婆去带孙。

三谒甲午海战地刘公岛

三番又吊血污斑，块垒冲胸愤不堪。
四亿五人多Q子，一千万土少雄男。
枉活平世碌庸命，愧对祖国蒙辱颜。
何若先生百余载，杀敌驰骋灭倭蛮！

谒昭君墓

孤独冢上草青青，漠北高天唱大风。
弱位原能赴皇诏，倾国亦可睦边城。
和融匈汉五十载，胜过朝廷百万兵。
谁道美人皆祸水，雄男对此岂堪情！

注：刘邦的《大风歌》。

咏成吉思汗

展翅荒原万里翱，苍穹浩荡一天骄。
立国创建扎撒典，统夏施行省制朝。
腰箭平合欧亚陆，铁蹄踢破种族壕。
首开人类全球化，岂止弯弓射大雕。

注：扎撒典，即《大扎撒法典》，最早的文字法典；省制朝，行省制管理体系。

萧红故居吊萧红

逃出黑土叛出家，敢破牢笼挣命娃。
十载流亡生死场，四男猎获弃揉花。
红楼半部兰河传，伯乐多枚虹彩霞。
至殁不甘殇厄运，魂抛孤岛恨难压！

注：《生死场》《呼兰河传》《伯乐》皆萧红著作书名。

谒八女投江处

牡丹江水涌滔滔，八女英魂逐浪高。
暴体袭敌敌众返，以身护友友群逃。
舍生恶战纷纷寇，挽臂绝投滚滚潮。
富贵花开何紫艳，皆因烈士血燃烧。

注：抗战英雄八女投江地点在牡丹江与乌滋浑河的交汇处，江滨广场上塑有八女投江的雕像。

感西安新扩建法门寺

覆盖人间万亩田，恢宏壮阔誉空前。
八方纷至虔诚客，一梦回归虚幻天。
佛主真身化骨粉，愚民假圣拜神仙。
伟哉千古昌黎表，哀矣今时少醒官。

注：昌黎表，即韩愈上书的《谏迎佛骨表》。

回故乡感诗友接风筵

疫况兢兢回故乡，群朋为我洗尘忙。
文缘战友同相聚，诗味交情共益彰。
土饪菜香增韵味，家醅酒美爽心房。
从今傍紧吟词侣，赋路逍遥醉晚阳。

家乡饭

遍尝海北天南味，还是家山土菜香。
麦粉清新糟面饼，口腔柔软碎须汤。
釜熬稀饭润甘胃，鱼炖锅贴炜暖肠。
只为乡因潜入血，乡食引动便轻狂。

无　题

错定今生高曲调，误听流水入风尘。
峰头白雪依稀望，巷里巴人苦涩吟。
世上易得俗媚韵，凡间难觅雅知音。
千般美好皆逐梦，梦幻真实两不姻。

遗事传来（二首）

一

此身已作西山客，遗事传来咸淡听。
真武安居人乐业，庙堂谩骂证难成。
凄凄工地荒天草，烁烁文基废路经。
万里长城恒久在，唯能毁誉是秦卿。

注：真武，住宅区名。

二

任上几曾争胜负，一时功过惹评传。
退居坞苑了尘世，来与西山结夙缘。
耕种网田消日静，赋吟湖水伴鸥闲。
杂音岂扰清辉月，月照幽林夜不澜。

百年航

艰危起自小南湖，一纪风云骇世殊。
逐浪淘沙雄领袖，驱倭定域立国都。
营私共产颠翻路，扩阵强邦拨正途。
但愿初心长固守，扬帆驶进大同湖。

入党五十年感怀

践行宣誓五十年，百岁征程后继先。
经历"文革"知复险，守初航舵更艰难。
兵戎七载人归党，政企卅年职砺肩。
燃尽激情余骨热，时听召唤再驱前。

肩周病愈后作

病入肩头十六周，水深火热似三秋。
曾经汹海征服浪，岂信浅滩颠覆舟。
登上成山极目望，驱前航宇更风流。
初心若不强坚守，只怕身倾作卧休。

注：成山，威海天尽头，余带病一游。

老来快乐观

万里巡游身不闲，放舟四海弄波澜。
家乡访旧嚼童味，老友约餐忆少年。
饮酒虽香量低限，写诗更爱质优难。
水平高下已无谓，愉悦心情是乐观。

七十抒怀

七十佟偬绊尘埃，九载延时更不该。
浊利虚名随逝去，清风明月顺跟来。
心浮甩在浮华市，意淡收归淡定怀。
再踏夕阳吟赋路，陶菊二度伴诗开。

注：九载延时，延长在岗工作时间九年。

答家兄贺我寿诗

七十壮是精神在，耳背眸花岂不呆。
赖有童心击水趣，更无俗事扰胸怀。
雪泥鸿爪了痕迹，官誉身名化土埃。
既染苍躯枯待死，何如网字点春来。

附：家兄成涛原玉（古体）

七十仍是壮年阶，耳聪目慧脑不呆。
天涯海角留健影，三山五岳任往来。
官至五品身名贵，诗能言志誉江淮。
到老安享遂心乐，醇酒一杯聚仙台。

快乐中秋

中秋快乐是团圆，招子呼孙一聚欢。
共度佳节欣月喜，自说往事骋途难。
夸功道败色飞舞，下酒佐餐神侃谈。
体验传于儿女记，人生不要太纠缠。

中秋赏三圆

中秋夜晚赏三圆，月饼蟾蜍孙脸盘。
月照孙庞粉红玉，孙吃月饼富金团。
教孙塑己晶洁体，愿月赠民清净天。
乐尽佳节人久寿，乾坤浩荡共婵娟。

重阳望远

未去登山上九重，却来健步踏苍穹。
心中有景天明亮，脚下无波路畅通。
望断环球西美暗，看清华夏太阳红。
非独高处可瞻远，能揽乾坤宇在胸。

全国文联、作协两会感赋（二首）

一

腊月京城春意盎，文坛盛会聚群芳。

总结过往得和害，明确从今目与纲。

守正承宗创新路，抵俗拒媚鉴西洋。

人民终是家国主，耀主讴歌花最香。

二

两会繁荣新气象，五条希望定前方。

人民终是家国主，社稷长兴日月光。

反腐鞭贪须亮剑，讴歌耀祖放馨香。

从来文艺有归属，宗旨岂能崇外洋！

注：五条希望，即习近平总书记在两会上对广大文艺工作者提出 5 点希望。

自题 2021

一年一度一回顾，览胜居闲感慨多。

是岁身忙添病恙，稀龄自寿唱弥陀。

踏平爱恨中俄界，赏醉河山巴蜀国。

无奈身康频捣乱，归来宅养上微博。

步陆游《壬寅新春》韵自题

倏忽已过古稀人，惬意优游快乐身。
坞苑清幽观月夜，小楼静谧网诗春。
南柯梦醒无重日，北市区离不复尘。
坐看香峰夕照美，此时最与晚霞亲。

四、2022 年

落居西山

飘云过客落停飞，怅望香峰感翠微。
抱负可期从未灭，机缘偶遇却相违。
无情岁月途中老，有意家山梦里回。
每到深宵独自饮，乡思入盏一杯杯。

老 骥

岁月匆匆年复年，转头越过古稀边。
走完坎坷曲直路，尝尽酸甜苦辣餐。
不叹光阴无恋意，但惜世物有情天。
老身伏枥望西岭，笑看夕阳慢落山。

居西山

燕脉平居坞苑幽，都城东望百思收。
皇山迤逦时光老，金水蜿蜒日夜流。
波涌朝堂频换主，风萧墓地数添丘。
更新迭代匆匆过，唯有峰云悠复悠。

老　牛

厩栏夕照满霞烟，卸驾疲身卧枥边。
闭目养神听夜雨，反刍倒胃滤从前。
咀嚼坎坷有生路，回味噼啪无理鞭。
世苦人辛终踏尽，归来守静度余年。

古稀后

古稀之后又经年，精力忽觉不似前。
去岁单提一桶水，登楼健步到厨边。
今时双抱半坛酒，出库爬梯打腿弯。
人老当遵生死律，轻劳静养慢成仙。

坞园春早

二月春来阳气高，田园鸟唱脆林梢。
煦风摇动纤枝舞，曜日蒸发残雪消。
地暖草坪茵绿色，冰融池水映虹桥。
家国有爱催行早，涌起人间建设潮。

壬寅清明节祭扫李大钊陵园

黑夜茫茫盼晓晨，苍穹有眼降天恩。
引来马列救国路，唤醒工农翻隶身。
妙手铁肩驱霾雾，初心矢志扭乾坤。
青春不老花长绽，永世垂名华夏魂。

注：妙手、铁肩，李大钊改写的对联句："铁肩担道义，妙手著文章。"《青春》，是李大钊1916年在《新青年》杂志上发表的文章。

暮春与诸战友游京西阳台山大觉寺

暮春三月暖风柔，战友相邀郊外游。
阳面山中晴日暖，大觉寺里梵音悠。
八绝景动抛眉眼，独秀花开抢镜头。
小院焚香人更旺，可知佛法力仍遒。

注：八绝，八处绝佳景观被称八绝；独秀，有一棵500年的白玉兰树。

心　事

万般俗事懒得问，唯是孙学放下难。
只为先天体能弱，便担后业路途艰。
余生翰墨无成继，自库诗书有待传。
子少青眸驹感趣，我欣隔辈望承欢。

坞园初夏

油菜花开遍地黄，晴空气荡满园香。
风吹杨柳飘白絮，莺跳枝梢叫太阳。
指看鱼游荷叶下，尾追蝶舞稻田旁。
休闲不忘防冠疫，口罩人人嘴上装。

壬寅国庆有句

新生阔步已七三，我比祖国晚两年。
风雨洗涤逐日壮，青春绽放盛时斓。
路虽坎坷航无改，民更团结船向前。
万众心倾二十大，又将希望寄明天。

古北水镇行三首

一、旱情初解

一场暴雨洗青山，古镇骄阳热烈天。
驱走炎情人解放，迎来商旅市开盘。
柳莺枝上声声唱，舵手舟中橹橹翻。
店铺敞门拥客满，柜台老板笑逐颜。

二、逛游古街

青山四面围苍帐，古镇一幅水墨房。
弯角街摊营百种，凹凸石道踏千商。
风俗体验东西趣，餐饮品尝南北香。
逛遍旮旯方兴致，再游夜景看灯光。

三、船游水镇

九转溪流环绕镇，双摇橹动客游情。
拱桥倒影眸中月，翠岭倾身镜里峰。
点水蜻蜓身掠影，藏丫知了树鸣声。
似曾相见江南地，北域周庄复又行。

登司马台长城

一

逾稀来踏野长城，举步登临第九层。
忘记疲身多病恙，全凭乐趣畅心情。
之前不触江湖鳄，退后常习山海鹰。
一旦人居俗务外，行经处处上高峰。

二

古筑长城苦万难，而今市镇落山巅。
回头再看台司马，绕岭如同路滚丸。
跨海翻冈不足道，穿星建站已平凡。
时光飞速千年日，世入传奇神话间。

注：司马台长城从低往高到顶峰共九座敌楼。

壬寅中秋

凭窗独对远峰头，望断家山忆不收。
先祖高堂眠厚土，家兄小辈闯南州。
脑中画面频频过，故里人文处处游。
七秩飘零伤往事，风吹落叶惹乡愁。

老年游

心中福满感恩党，日子愁无度寿年。
致死绝疾欣未患，共存慢病喜结缘。
行囊背上逐程走，医药携全按顿餐。
北域南疆风景异，看完潮信看孤烟。

贺母校江苏省沭阳高级中学百年华诞

五迁六易路途艰，坐落东关始定盘。
百载峥嵘崇教事，四星腾跃上层巅。
名师烁烁亮苏北，育李煌煌满世间。
今日乘风劈波浪，初心指处续航船。

注： 五次迁移校址，六次更改校名。

经国者赋

经纬评说莫细言，小礁不挡大波澜。
伟人影响超世纪，豪俊风云分百年。
优秀峥嵘发展快，平凡呕沥续赓艰。
幸无庸劣失德仕，国盛民欢正向前。

下榻苏州活力岛酒店

无意天堂住活力，有缘仙境入青霄。
漂浮水上东西屿，旋架空中南北桥。
河岸林荫连酒店，草坪曲径绕江皋。
夜来明月当头照，倩影湖边镜里交。

感伤族尊兆来叔病情反复

祈盼来叔病转安，一生无愧做乡官。
善心尽解民繁事，仁政不挥权霸鞭。
老父居村得照顾，愚兄遇厄助排难。
双亲在日常叮嘱，莫负斯情莫负天！

五、2023 年

岁杪感怀

七十有二进三中，本命平安越过冬。
眼望途程非漫漫，足行世道便匆匆。
前登丝路采风雅，后上泰峰观日红。
今浴家馨暂歇脚，开春南海再航空。

送旧迎新

又送夕阳迎旭阳，终年行赋为闲忙。
捷足踏遍圣神境，彩笔描出景秀章。
生岁无多时不待，逝期难料日恒长。
岂能早早成文物，当是逍遥走四方。

周恩来忌日赋

伟大人生有标志，不留私产不遗嗣。
诞于乱世拯家国，活为黎民践宣誓。
也有官员表楷模，但观子女露虚意。
难从青史觅双俦，唯与毛公成并例。

本命年有思

初心拒认兔为年，诺诺唯唯人世间。
几试腾空跃龙马，三番坠地下云天。
生来不具鹏翔技，终竞翱成雀触檐。
回首方识属相好，护得圆满肉身全。

咏天鹅

白羽仙姿天外归，眠沙戏浦爱芦肥。
空中缱绻翩翩舞，水上缠绵对对飞。
南徙北回寒暑伴，妇随夫走死生陪。
休说禽兽类低属，情胜人间婚配危。

与初中同学陈波将军在京首次聚饮（二首）

一

膳房聚饮忆年轻，谈笑班中两妄生。
夸我文同赵树礼，捧君理是华罗庚。
青春燃作熊熊火，志向飞成跃跃鹰。
谁料"文革"强改道，参军上路各前程。

二

入伍离乡各南北，出营跃马两西东。
君精技术研兵器，我爱文学累政工。
忙里进京来促促，急中握手去匆匆。
飞驹一掠五十载，落座皆成白发翁。

登嫩江湾望江楼

千里奔来直上楼，水湾景色望中收。
嫩江圈后悠然去，湿地汪成缓漫流。
河汊沼泽连片远，鹅鸭鹭鹤聚群游。
清波荡漾芦林密，绿比西湖胜一筹。

游徐州云龙湖

千年尽道上湖好，我看龙潭已越前。
三面青山照明镜，一泓碧水映蓝天。
星辰散落屿洲绿，南北横截堤坝妍。
不炫温柔西子秀，但说壮美逊云颜。

注： 上湖，西湖别称。

贺北京诗词学会第六届代表大会召开

三十五载峥嵘路，六届云霞放彩晴。
继往千家承旧韵，开来万户启新声。
高瞻不辱京城誉，引领能兴华夏风。
已绽百花呈艳景，续赓再涌巨澜鲸。

本命生日连六一

生日六一连续乐，老腔翻唱小时歌。
淘心掏鸟猴爬树，馋嘴抓鱼鸭戏河。
割草常空惹娘脑，偷瓜很少被翁捉。
钩沉往事频添趣，暮气朝阳可化合。

注：翁，看瓜田的老人。

癸卯国庆感赋

七十四载换人间，我与家国共笑颜。
伟业辉煌惊世界，宏图壮丽耀坤乾。
强身惹怒群狼妒，怀璧招惊恶狗参。
但任妖风掀浪起，岿然不惧奔明天。

游孔庙

三三零亩圣洁地，五五八间儒殿堂。
九进门庭落轴线，双条路道座边旁。
数千岁月朝朝建，几百王侯代代扬。
何止精神垂永世，更袭爵位万年长。

谒关帝庙

一

百里奔驰到解州，关公祖地拜容游。
两千公亩林深院，廿万平方古建楼。
天下臣祠当首位，人间圣庙占头筹。
苍松翠柏藏豪气，瞻客涌来潮水流。

二

四海九州皆至尊，古来今往第一臣。
三分砥柱文兼武，两教崇山圣与神。
代代加封称大帝，家家膜拜似超人。
精魂永世为垂范，已被苍民烙在心。

游孔府

三百亩宅如故宫，两千五载恒昌荣。
单朝袭位例尤少，历代续延唯此公。
将相帝王无可比，古今中外断相同。
欲知何物叫长久，孔子世家实不空。

秋游泗阳运河风景区

千载漕河经泗阳，清流浩荡下南扬。
熙隆御驾留足迹，政府描图饰体裳。
十里水滨风景线，一条步道绿林廊。
登临阁顶望乡远，俯瞰家园画卷长。
列列拖船似航母，游龙缓缓过秋江。
高桥凌架彩虹跨，大雁空飞人字翔。
入晚楼楼亮灯火，行舟队队戴星光。
再无悲号纤夫泪，唯见欢欣百姓祥。
运货滔滔连九域，输财滚滚旺八方。
桃原面貌今时变，追赶苏杭胜小康。

注：泗水阁耸立在运河之滨；泗阳古时称桃原。南扬：指扬州。

泰山顶上度重阳

行吟放荡赶游程，恰遇重阳上泰峰。
遍踏山河丈国土，畅观云水阔心胸。
几经冬雪苍松老，数染秋霜枫叶红。
岱顶居高俯天下，回眸岁月慨无穷。

稀龄再登泰山

已越稀龄览意浓，欲登泰岳了初衷。
七十二座峰依旧，亿万千年客不同。
人老尤惜余岁短，体衰更恋晚霞红。
再临绝顶赋一曲，响彻长空收晚钟。

冬至雪

大雪来迟君莫嗔，赶临冬至落纷纷。
穹失日月白天下，地盖晶银亮玉坤。
洗净人间除旧垢，滋萌土里孕新春。
已听滚滚惊雷动，似见冰消绿草茵。

感小雪时节

小雪时节景物疏，凭栏遥望远山枯。
西风飒飒峰头过，群雁急急天上呼。
一季繁华收晚场，萧条万类入屠苏。
茫茫不晓归何处，阵阵忽觉心内孤。

老年生活交响曲

晚岁生活多旖旎，吃穿步睡曼摇姿。
油盐酱醋调滋味，肉蛋鱼虾饪好食。
交响盆勺锅碗曲，慢挪板凳椅桌棋。
平凡日子悠然过，愉悦心情处处诗。

六、2024 年

文昌阁前问帝君

高阁巍立坐东门，问帝当年咋选臣？
录用文官使遭辱，擢升武将战蒙尘。
皇园被抢曾多次，军队拼杀有几尊？
主宰大人今若现，以何脸面再称神。

注：文昌帝君是主宰考试录用的最高神。

耶律楚材

华夏盟族一俊才，安邦治世大胸怀。
建元力主牧融汉，拓域遵循金筑台。
多艺博学深视远，崇儒恕道少积哀。
湛然尚若活长久，蒙政岂能及早衰！

注：耶律楚材号湛然居士。

陌上行·步韵褚宝增会长《将春》

我沐春风陌上行，春风嘲我老多情。
奔波半世这条路，寻觅初心那盏灯。
岸柳招摇频送笑，江潮滚动几发声。
此生常浴乌云雨，但信明天日更晴。

附：褚宝增会长原玉《将春》

我伴春风去远行，春风因对我多情。
劝说半月江南雁，寻找十年岭外灯。
细雨迷茫宜小睡，碧波反复且稍停。
一坛老酒饮还剩，泼向长空万里晴。

大寒日有感

大寒节气有奇观，四九如同六九天。
皆道环球逐日暖，却无和景入人间。
俄乌未解北洋冻，巴以难驱中海寒。
更放冷潮淹半岛，居心祸乱是何缘？

甲辰立春日得句

准点时分准立春，乾坤转动又一轮。
虽然羔体逐年老，但有诗情每日新。
窗外柳枝梢泛绿，案头书稿草成茵。
龙临大地笔蛇走，今岁还接去岁吟。

正月初四到涿州看望族兄刘成奎遗孀嫂一家

看望嫂侄情念深，三十数载丧犹今。
童龄难忘少玩伴，血脉尤思早去人。
幸有两双儿女孝，更得一对虎孙亲。
苍天总算开青眼，放了当年未放心。

注： 儿女，指儿子及儿媳妇。

自　怨

检点一身多处疤，硬拼高远傻如瓜。
难题面对他寻躲，热血潮来你抢拿。
事未成时皆设障，工将竣后竟遭查。
只因心计自修浅，怨气无由向党发。

元夕后

元夕过后见天晴，阳气升高放眼明。
风扫长空山渐媚，雪融大地鸟觉轻。
嘉年春到人忙碌，好景时来龙跨腾。
即便衰翁也不待，行囊背起踏游程。

登上天安门城楼

漫步城楼天拱门，中轴经线贯乾坤。
红墙黄瓦色鲜艳，玉璧金砖号贵尊。
帝制两朝君主殿，共和百载庶民宸。
六七世纪沧桑变，华夏巍然挺巨身。

清明回乡扫墓有感

高铁机车撵路尘，奔驰千里为添坟。
儿孙婉拒因根浅，兄弟随行是脉深。
叶落难归积绪重，血亲永驻孝慈恩。
年年往返乡愁道，天地悠悠一客魂。

赞宝丰

赋韵诗词话宝丰，观音坐镇帝题名。
汝瓷灿烂古窑址，酒祖辉煌新路程。
说唱马街扬世誉，吃喝米醋富农情。
精龙猛虎五十万，耕绣春图百里平。

注：宝丰 50 万人口，占地 700 万平方公里。

收到中华诗词学会颁发会员证感赋

退后移情迷若痴，五年润育少花枝。
曾因顽劣读书少，又为勤职识字稀。
转拜名师抱佛脚，补翻经典背唐诗。
愿如索道穿云上，得以巅峰放眼驰。

端午祭奠有感

《离骚》一曲唱秋风，悲剧古来从未停。
何止中华常祭奠，更惊世界战纷争。
俄乌鬼涕亲亡泪，巴以人哭家破声。
端午有情原是恸，环球无理霸横行！

谢　幕

游玩山水赋诗词，即是人生谢幕时。
本色还原须亮相，初心解放要呈姿。
行当不论成和败，演技任凭褒与批。
转眼幔帷全落下，场空人散尾声息。

跟和群里同题作业"位卑未敢忘忧国"

一生奋斗在旋涡，道路崎岖折最多。
襟抱笃行无徙倚，功名难就总蹉跎。
岁龄已过回归岸，项目仍遭息止波。
退后闲愁思动漫，位卑未敢忘忧国。

注： 动漫，即产业项目名。

心　态

不似曾经规律没，而今必保昼三炊。
睡前关闭当天事，醒后删除昨日非。
任性遨游乐山水，尽情吟赋吐欢悲。
告知诸病休威吓，随地随时同尔归。

听说要重建铜雀台

已无铜雀也无台，天上浮云地上埃。
宫苑殿阁能复建，英雄才俊岂归来！
千年青史自凝固，一点黑心会闹灾！
政绩工程虽甚亮，可惜不照庶民怀。

参加泗洪大王庄金秋笔会感赋

十月卿云聚泗空，金秋笔会甚熙隆。
土经火浴仍灼热，花被血淋多紫红。
新四军魂逐日影，老双沟酒荡诗胸。
王庄本就闻名胜，添彩增辉又几重。

注：大王庄是当年新四军活动根据地。

参加洪泽湖湿地采风

骚客采风临宿迁，游湖览胜觅诗源。
挥书蘸尽洪泽水，酬唱弥盈淮泗天。
湿地容颜脱旧貌，老区故事续新编。
从今不再划江论，苏北苏南同色妍。

注：江苏地域历史上以长江为界，江南江北穷富两重天。

除夕夜与域外儿孙视频

除夜疏星眨闪空，冷清觉胜往年冬。
儿孙业落汪洋外，父母魂临睡梦中。
一对白头挤屏幕，两双花眼看亲容。
此生苦为天伦乐，谁料耄耋还望东。

赓和高昌副会长《春节即兴》

世间欢乐最情柔，节日烟花耀眼眸。
老曲吟得明月醉，新篇赋就彩云游。
街灯绚丽添十景，贺语温馨润九州。
喜送丰年积蕴去，再接气运上层楼。

步韵卢冷夫主任《新春寄怀》

冰雪寒梅意未穷，祥龙瑞凤舞晴空。
笙歌婉转萦情里，岁月悠然绮梦中。
聚散无常难预料，悲欢有序亦非同。
此生笃信天开眼，抖落甘霖融化胸。

欢度元宵节

元夕佳日续新年，再度良辰不夜天。
灿烂霓灯明巷陌，缤纷花炮耀穹间。
汤圆滚滚锅中闹，歌舞翩翩屏里欢。
已入耄耋身定论，如今福感是空前。

七、哀悼亲朋

哀父亲、叔叔相继离世

时光无义病无情，骨肉无常失伴行。
哮喘刚夺慈父命，恶瘤又断季叔生。
沉浮顿醒一场梦，成败终归两样空。
唯有身康归自己，限来迈去笑从容。

哭母于弥留之际

效力一生少见家，天罚补孝守亲妈。
青韶耗尽闺儿秀，苍手浇开宝贝花。
日落日升伤自透，春来春去报谁答！
寿龄有限情无限，长泪思娘哪是涯？

悼念恩师王宗礽夫妇

题注：王宗礽、张玉珍（前妻）夫妇是我们夫妻义重情深的恩师。1984年10月我们去医院看望病重的师母，她说想尝尝窝头，还没等我们把窝头送到，她就走了；2008年秋恩师随后妻移居上海，我们到他东坝河住区送行，谁知这一分手竟成永别。

哭师母
（1984年10月）

噩耗传来心若揪，翠花巷里恸凉秋。
无言执手泪穿眼，有话扑怀语噎喉。
泉涌恩泽二人命，水滴报欠一窝头。
永别未见扶相送，此恨绵绵不尽流。

祭恩师
（2016年1月）

沪都噩耗网传来，惊起疴躯索索哀。
坝里依依别信断，经年历历笑容还。
恩师恩母恩如海，情地情天情满怀。
抱病今生唯泣拜，余言待我去仙台！

叔叔逝世十周年祭

一去十年岁月遥，京城落业影难消。
爱同儿女慈同父，操尽心神折尽腰。
有志当年破考题，变身世代抱犁梢。
祖坟地上参天树，荫绿棵棵苗壮苗。

注：农民出身的叔叔，在 20 世纪 50 年代，矢志读书，以超龄社会青年自学中考，在考试卷上留下一首言志诗："先生出的好难题，憋坏刘庄刘兆沂。如果高中考不上，回家独抱一张犁。" 后来终于考上了高中、大学，结束了世代苦农的命运，在家乡传为佳话。

忆同窗挚友刘建国 2012 年正月于困境中病逝余未能亲临送别成久憾

同窗两载一生情，你在家乡我在京。
沭水边阳频送暖，黄河岸冷几融冰。
无常时事兄潦倒，多舛职涯弟战兢。
异地永别悲久恨，唯将弱子力扶成。

惊闻甘文兄夫人王嫂突然病逝

问天善报几轮回，何故同来不共归。
鸾凤青春双翼舞，鸳鸯白首自身飞。
德才信义兄兼具，贤惠温良嫂举眉。
从此松岗明月夜，哪堪寂寂泪频垂。

泪送甘文兄西去

天睛何故不睁开，人厚寿薄颠倒哉！
风雨舟中同济世，冰霜道上共倾怀。
兄豪体健云飘去，弟弱身单雾盖来。
远路茫茫您走好，一生烁烁亮仙台。

悼念周志祥大夫

序：中国医学科学院肿瘤研究所腹部外科首席专家周志祥教授于2021年9月24日因癌病去世，年仅62岁。周大夫技术精湛，一生拯救患者无数，患众闻讯哀嘘遍及中华大地。

获悉噩耗共心惊，天落中华顶俊英。
德过白夫品纯粹，医超佗圣技娴精。
一人拯救万苍命，万众倾掏一片情。
我也曾得亲手挽，凭将延寿吊恩灵。

哭婶母仙逝

婶母升仙入祖堂，此娘逝去再无娘。
一生际遇叔铺垫，半世存活您助忙。
冷暖从今谁个问？风霜以后自家扛。
心哀父辈筵席散，痛泣深恩未尽偿。

注：婶子是父辈亲人中最后一个离世的。

上坟祭母逝世十周年

转瞬光阴十整年，坟前跪拜泪潸然。
音容长在心头绕，慈爱唯从相上观。
去后方知识病晚，至今依旧对灵惭。
焚香祷告情无尽，但愿安祥梦里还。

八、坞园沉吟十八首

坞园沉吟十八首

一

独坐书斋思绪长，一生倔强已收芒。
都说三岁能知老，确信稀龄还要强。
梦断魂归夕照里，居移身落坞园旁。
凭将底气活耋寿，明月清风抚旧伤。

二

小楼静谧意飞空，夜色深沉月色胧。
望去家山烟袅袅，行来故旧影重重。
童年伙伴天涯里，战友同窗海角中。
飘荡人生何处落？浮槎泊下是归终。

三

初生解放日艰辛，每忆童年有泪痕。
赤脚田中割野菜，光身水里戽河豚。
夏收抢捡麦遗穗，春饿挖食芦嫩根。
跃进乡村堪苦乐，火红年代炼纯真。

四

地主家屋办学校，普及教育扫文盲。
土墩架板当桌面，级次合班混课堂。
总角弱冠同位坐，农活学业两头忙。
翻身小主新风貌，巾带飘扬脸放光。

五

红旗三面塔灯光，怒放心花向太阳。
公社组织奔路线，人民跃进产粮钢。
千年私灶入炉火，万户公厨吃饭堂。
欲速不达成乱步，祸殃种下损缺芒。

注：红旗三面，即总路线、人民公社、"大跃进"。

六

高小初中在镇乡，严寒酷暑走读忙。
包书布袋膀弯挎，装薯网兜肩上扛。
早自习时天未亮，晚家归后月成光。
苗田野地照直跑，日久踏出羊道肠。

七

十五即成壮劳力，工酬每日九分高。
抢场急我拿笆斗，割麦忙吾砍大刀。
夏耙坪田抹牛尾，春耕旱地握犁梢。
昼思夜梦腾飞起，入伍读书路两条。

注："文革"爆发后没学上，回村务农，盼望读书或当兵的机会。

八

农闲无事逗知青，姐姐丰腴妹妹婷。
日久聊欢倾意愿，时常诉苦吐真情。
若非抱守存驰志，或许怜惜有应声。
犹记那年服役去，送行群里影亭亭。

九

那年兴致赴国防，一夜箱车入吕梁。
坚信柳营通至道，何妨峡谷作炉膛。
开山震醒狼峰觉，放炮驱除虎口荒。
甘把青春播峻岭，直将汗水酿芬芳。

注：狼峰，山峰名；虎口，河口名。

十

南村坡上建平台，阎帅旧窑修起来。
万丈谷中背用水，百窟洞外种食材。
生猪我喂六十口，连队人称第五排。
莫道圈无千里马，军栏朵朵铁花开。

注：南村坡是阎锡山当年退躲日军的藏兵地；工兵四四编制，第五排即编外。

十 一

今生难忘建三线，志在峰头斗恶环。
筑路爬坡山负我，掏岩掘洞我背山。
抱机钻壁倾身进，堵水注浆滴汗粘。
梦在心中不觉苦，朝朝暮暮艳阳天。

注：20世纪六七十年代面对苏、美威胁，建战备工程称"三线"建设。

十 二

牖前日照暖书房，目透窗纱追雁行。
时代云腾留记忆，青春浪骇刻珍藏。
少年心烙朱砂痣，老暮瞳存白月光。
起落人生难省顾，飞驹掠过泯锋芒。

十 三

开窗难免进苍蝇，但是军中万不能。
兵若贪财鬻官位，谁能舍命保疆城。
跳梁小丑横行道，大鳄升天起旋风。
幸有接班挥扫尽，柳营重响战歌声。

十　四

独步斋房自耗磨，此身岁月已蹉跎。
藏书不少读书少，学问无多疑问多。
入世铮铮涵儒教，到头楚楚念佛陀。
纵然赫赫功名者，也隐山林淡过活。

十　五

代代清贫无显贵，一生坎坷有深思。
真情少见如期愿，假意多能占秀枝。
忠孝皆因敬职累，功名却靠献谀施。
诚实难再传家久，只为儿孙避世欺。

十　六

人间志士涌无穷，不减初心有几公。
救世舍身颠日月，翻天覆地立工农。
成功概遇周期率，守业难逃历史重。
至死推行真马列，执着不变是泽东。

十 七

索居坞苑已十三，多病强加营养餐。
感旧萦怀催鬓老，忘情遗事看秋残。
忽传基地莫须有，欲借僵尸起祸端。
任尔兴风翻巨浪，狂澜与我也无沾。

十 八

劣品行为无底线，好人做事有德标。
依标处处须平绪，绪抑时长血气消。
破底天天皆任性，性随日久脉搏滔。
一增一损岂难料，贤者誉高龄不高！

卷 三

五言绝句

广播大楼加固维修设计合同签字仪式

亭　居

日月亭边住，家藏万卷书。
登亭大环宇，览卷小坤图。

风月亭友

酌酒邀明月，行山带爽风。
不期来老友，论道上园亭。

望　星

夜来山隐退，鸟宿苑幽清。
灯火远城亮，倚亭独望星。

方　向

入世无直道，成功在远方。
泥潭沼泽路，认准莫彷徨。

目　标

目标唯至道，入道悔无药。
力尽未偷生，不达也含笑。

青春（折腰）

青春拼事业，诗酒趁年华。
光阴莫虚度，日落有红霞。

老伶仃

创业舍亲情，抛家任纵横。
妻儿无缱绻，到老自伶仃。

养　生

清绿一壶茶，红白两杯酒。
三餐素淡食，四季园中走。

如　约

足蹬足力健，肩起两肩背。
拄杖出门去，如约上翠微。

篮　球

传行如射箭，运转动八方。
从不觉身累，因怀气一腔。

盆　景

婷婷立高架，众客赏如画。
青睐座中收，但失自由价。

夜　雪

清晨立伫窗，天地雪茫茫。
辞聘归来晚，空空夜未央。

漫　步

心中无淡事，顶上有闲云。
漫步穿林过，悠然向暮昏。

直播人生

人生无彩排，好坏不重来。
且把真情演，休荒一世胎。

驱车过太行

车入京港澳，飞驰过太行。
八陉一日跨，逐鹿史空长。

投　宿

投宿意匆匆，夕阳映晚穹。
莫嗔天色暮，身裹彩霞红。

咏牛（三首）

一

俯首拉沉重，躬身效尽遒。
终将前景误，只为不抬头。

二

埋头拉重载，踏步朝前走。
大道在心中，何须昂傲首！

三

俯首力躬耕，心清方向明。
不随风向转，任尔有阴晴。

瀛湖山居（古声）

依山傍水居，绿岭嵌珍珠。
倒映澄湖里，疑为伴月姑。

题乐山大佛（二首）

一

凌云冲水坐，弥勒笑苍穹。
若不依山势，岂能独傲雄。

二

山僧连一体，佛像冠天下。
默默坐千年，无为枉称大。

注：凌云山即乐山。

明月岛

嫩水夜明珠，鹤城明月岛。
烟波不用沽，自有春来早。

乡　思

独倚望天南，家山缕缕烟。
声声叮嘱语，缭绕在身边。

坞园春

柳绿叶初翠，桃红花欲燃。
荷塘尖角露，草圃彩蝶穿。

春　游

岸柳晴飘絮，园桃暖放花。
风熏陶醉意，日晒倦身乏。

送站归来

秋雨奏离弦，依床难入眠。
脑中身影晃，接站有人搀？

启新航

借鉴百年经，启航新世纪。
依然那盏灯，照在民心里。

哀共享单车

狠蹬到终点，撂下任倾栽。
共享无公爱，斯情实可哀！

二、2022 年

山　居

家在西山住，足行三径路。
不求豪贵居，爱此读书处。

夏　夜

白天地升火，晚上汗粘身。
熬过零时夜，才觉凉气侵。

早春（三首）

一

暖日融残雪，湿原蒸地温。
林间乌鹊叫，闹醒满枝春。

二

晴空暖日熏，残雪映白云。
雪化云飘去，蒸发满地春。

三

日暖升阳气，西风转向东。
桃枝花见孕，岸柳起清风。

洗　澡

天天都洗澡，体垢却难清。
原是有根物，一勤便会生。

收夏种秋时（三首）

一

布谷声声脆，收割不误时。
入仓颗粒满，莫道夏来迟。

二

小满三天晒，田原一片黄。
但听机器响，粒粒进粮仓。

三

勤劳天道酬，播种到田头。
翻得千顷土，丰收再望秋！

消　暑

蒸烤热难当，进出无躲藏。
唯能戒浮躁，心静自然凉。

纳　凉

荷园绿荫里，湖水映高亭。
蛙鼓吹凉气，蝉鸣送爽风。

忌　惮

神州有爽地，举目尽风光。
意欲消闲去，却忧冠疫狂。

西山秋色赋（十首）

一

阵阵清风爽，吹翻杨柳条。
空中无热浪，晚上有凉宵。

二

清风飒飒拂，池稻翻金浪。
暖日晒芒浆，孕得颗粒涨。

三

冷气拂芦苇，青樱老涩芽。
待得霜露降，怒放向天涯。

四

绿绿青青去，黄黄火火来。
桂菊花绽放，霜露染枫台。

五

秋阳染稻黄，风过翻金浪。
穗穗首低垂，株株颗粒壮。

六

天高云彩飘，气爽自逍遥。
日月亭中望，排鸿过碧霄。

七

落黄秋满地，坞苑缤纷里。
一抹晚烧霞，三山虹旖旎。

八

鸣蝉声已匿，淋雨体生霉。
一岁一生死，坦然心不悲。

九

纷纷黄叶落，片片坠泥尘。
一岁一凋谢，传承入树轮。

十

九月温方降，秋颜尚未浓。
丹枫恋霜露，初吻面羞红。

山海情

平生崇海阔，潮涌大胸怀。
更爱青山峻，峥嵘入世来。

三、2023年至2024年

说雷锋精神（二首）

一

同在球村里，和谐方可生。
人人须互助，榜样是雷锋。

二

神州兴典范，处处有花枝。
再唱雷锋日，民风复盛时。

暗恋（古声）

自君服役去，更尽忆难收。
梦里常惊起，临妆叹白头。

嫁娶（古声）

嫁娶盈春日，家家喜气临。
世间烟火味，最熨俗人心。

雨　禾

春雨丝丝落，禾苗日见长。
农翁蹲埂瞅，未感透衣裳。

出关避暑

热浪撵车走，凉风迎面前。
居庸旋转过，别有一重天。

注：居庸，燕山居庸关。

炎夏夜雨（二首）

一

晨醒觉身爽，未闻风雨响。
谜团试问婆，竟是甘淋降。

二

夜来风雨狂，天地顿时凉。
烦去心无燥，懒眠分外香。

头场秋雨

立秋七日过，未改热心肠。
昨夜一场雨，才觉体爽凉。

秋　分

平衡时昼夜，分日又分秋。
宇宙皆匀称，人间何不周！

乡愁在中秋（二首）

一

岁岁中秋月，乡思日日深。
少回途渐远，老暮绪尤沉。

二

长辈已无几，同年多暮垂。
打工皆小辈，节假也难回！

立 冬

霜落千山叶，风吹卷入冬。
急急南徙雁，叼走暮秋红。

无 题

当今纨绔子，不用稻粱谋。
出入宴歌场，狎花炫上流。

寒露（二首）

一

季候循环准，生机万物华。
不经寒露冷，怎获果实佳。

二

秋深凝硕果，露冷绘霜花。
满野斑斓色，农忙千万家。

关 羽

古今独一人，兼并圣和神。
试问何完美，千年塑造身。

霜降（二首）

一

莫嗔青女早，威屑落重重。
不降霜花染，哪得枫叶红。

二

霜染万山重，浓装待宿冬。
依依难舍叶，留恋暮秋红。

小雪（古声）

入冬节气过，飕飕北风寒。
枯叶飘飞尽，人间小雪天。

黄河第一桥兰州中山桥百年诞颂（二首）

一

人间贵第一，创史冠无敌。
百载观潮涌，斑斑诉旧昔。

二

一桥飞架起，九道已横立。
引领百年骄，功勋留史迹。

小寒冬泳

河冻小寒日，破冰扑泳蝶。
天生凌傲骨，冷暖不关节。

柴达木魔鬼城见闻（二首）

一

沙荒无寸草，旷野少生机。
千里坟茔地，常来鬼画皮。

二

不见飞天鸟，常刮旋鬼风。
凭空呼啸过，阴气漫魔城。

泛舟昆明湖

舟荡清波上，人游画意间。
聊天话慈禧，湖水证插言。

看 山

七秩醇如醉，满怀皆是春。
闲居西岭下，坐看过山云。

题颐和园通云、寅辉两城关

关道通云处，寅辉映寿山。
乾隆亲绿水，造景借江南。

题颐和园智慧海（无梁殿）两首

一

莲花开万寿，坐落顶苍天。
智慧如沧海，佛光照四边。

二

坐在寿山顶，砖石钩挂连。
无需梁与柱，法力可撑天。

卷四

五言律诗

观　海

平生慕沧海，万里傲游来。
远望面无际，近观岸有台。
潮升涛不溢，波涌浪连排。
学尔胸宽阔，修装世界怀。

中医正骨治颈椎病

胳膊抬不起，脑袋转失灵。
痛若挖肱肉，眠如卧箭坑。
幸遇推拿手，巧施扭正行。
咯咯两声响，晃动竟无疼。

新书房

全天日照长，四季水临窗。
求画饰通道，吟诗不挂墙。
留白空壁亮，聚会溢茶香。
橱内书声笑，直如新洞房。

三亚湾观海

品茶楼岸上，远望海天边。
孤岛遥遥影，浮船点点帆。
翔空燕穿浪，戏水客游滩。
笑看波涛涌，也曾搏巨澜。

秋　意

未觉行步快，秋意却匆匆。
淫雨凉天气，金风染地容。
露涤枝减翠，霜打叶增红。
但看园中桂，飘香味正浓。

乡　思

逍遥归宿晚，秋色已深深。
窗外飘黄叶，心中影故村。
家山收获季，老少碌忙身。
为解乡思绪，登途明日晨。

年终小聚

年节期又至，老友聚江南。
室外雪风紧，厅间暖意闲。
陈年杯里酒，新品皿中餐。
多问身康健，少酌樽半干。

注：江南，即江南春酒店。

老年餐食

心清厌油腻，胃瘦喜食单。
未见天时短，三吃并两餐。
非因钱袋涩，四菜改一盘。
入口便觉饱，尝鲜也不馋。

登明长城遗址

当时何壮阔，越岭势吞云。
未满千年日，皆成断壁痕。
不需十世纪，必定化灰尘。
除却时空外，无形可永存。

贺东篱诗社成立 5 周年

异军腾鲁岱，新韵立潮头。
风雨五年过，虹霞一路收。
不骄初硕果，更欲上层楼。
存远东篱志，拼搏创一流。

母校校庆 100 周年

三尺台依旧，沧桑已百年。
育人浇玉露，启智注清泉。
名盛江苏北，花开岱鲁南。
扬帆再赓续，必涌巨鲸澜。

鹳雀楼上赋

登临鹳鹊楼，纵我壮心讴。
放眼收寰宇，开怀赋海流。
昔时津渡隘，今日彩虹洲。
若许再年少，飞身踏浪游。

谒关帝庙

赤心如赤面，青史映青灯。
仁释华容道，勇压吴魏营。
麦城忠效尽，兄弟义终行。
文武圣神备，留得万世名。

"九一八"有思

旧恨未曾雪，新仇继续烧。
百年足定论，千载更识枭。
本性由天固，歹心难自消。
别存童趣幻，莫作忘仇交。

老黑山上观五池

登上黑山望，五池十四峦。
熔岩火浆口，嶙骨海石滩。
圣秘药泉水，神奇泊彩颜。
粼湖光闪闪，百里色斑斓。

注：五大连池景区有五个堰塞池、十四座火山。

195

泣血玉澜堂（三首）

一

颐园风荡漾，小院静幽忧。
香藕香飘榭，芬霞芬满楼。
玉是泉山碧，澜为昆水流。
先皇安逸处，后帝锁为囚。

注：院正殿玉澜堂、东配殿霞芬室，西配殿藕香榭。

二

社稷日摇沉，苍生看朕人。
台前弱傀儡，幕后恶魔神。
四亿哀民泪，满朝玩偶臣。
激活儿帝魄，不暖兽娘心。

三

百日维新血，腥红证铁言。
军兵无握手，岂敢动骄天。
文墨虽披胆，难能撼众山。
六君悲壮烈，废帝惨儿男。

站在柴达木盆地的"U"形路段上

大漠八方邈，柏油延路直。
高压线连远，风电叶旋嘶。
不见飞禽落，也无行兽啼。
往来车掠过，呼啸一声驰。

咏魔鬼城八仙女

南疆有八女，立志赴国艰。
为甩贫油帽，誓征荒古原。
踏平魔鬼域，搜遍漫沙滩。
不幸身蒙难，魂升镇恶仙。

云冈石窟维护

武周山上云，飘似洞窟魂。
石刻多风化，岩雕少笔痕。
无需千万载，皆是一微尘。
今日力维护，能得几载存？

题马街艺术学校

书会马街久，艺花开满园。
年年耀星汉，岁岁有魁元。
德技天天长，师徒代代传。
身行加口授，校风承祖源。

题宝丰应河小米醋

非遗传古法，悠久两千年。
遵序细无厌，操工精不烦。
酒中茅镇贵，醋里应河酸。
并驾驰行顶，拔高再破关。

忆清漪园时期的藻鉴堂

小岛修仙处，君王藻鉴堂。
烟云舒卷殿，霞彩映夺坊。
玄烨品三蕺，御诗吟万行。
人才察获济，社稷有阳光。

注：三蕺，乾隆喝的特制三清茶。

忆颐和园时期的藻鉴堂

英法焚园后，颐和一片荒。
儿皇修殿体，慈禧媚西方。
里外装洋货，杯盘宴使郎。
通宵陪笑脸，不耻做婆娼。

戏题慈禧昆明湖上大阅兵

阅兵图热闹，二月赶春早。
陆队武神营，水师渤海校。
湖驰小火轮，岸舞大刀炮。
甭管假和真，只须博主笑。

题寅辉城关（古声）

苏州盘口关，搬到北皇园。
挹爽寅辉额，飞腾暮岭岚。
依山湖岸路，倚涧谷边关。
守视闹街景，闲人莫近前。

注：挹爽、寅辉，皆城关上匾额。

题通云城关

命运数它好，竟逃劫火燃。
苏州街立岗，万寿顶扎边。
帝后门中过，嫔妃道里言。
安危皇室守，闲汉莫趋前。

注： 通云城关是颐和园中唯一没有被劫火焚毁的建筑。

回归自然

平生爱山水，未改性情偏。
白首恋青色，苍躯喜翠岚。
流连镜湖美，沉缅雪原娴。
五岳足常驻，千峰手自攀。
江峡骋舟箭，河面踏波澜。
夏跑呼伦马，冬游三亚湾。
倾将余血热，潇洒自然天。

注： 江、河，即长江、黄河。

北岳恒山赋

神州号北岳，立在太恒梁。
拔海两千米，延绵百六长。
一零八柱峭，二九峻峰昂。
横跨西河省，竖屏蒙晋墙。
人天辰斗亮，边域紫微芒。
历代兵争地，五关军守冈。
儒佛道三教，寺庙观十方。
气势吞云雾，雄风扫陆疆。
春秋留故事，山水点文章。
宗脉引骄傲，蓬辉华夏光。

注：西河，即山西与河北；蒙晋，即内蒙古与山西。

卷 五

词曲

忆江南·游黄山北麓沟村得句（七阕）

一

黄山美，最美太平天。座座青山披绿裟，条条沟涧响清泉。犹似入桃源。

注： 沟村在黄山北麓太平县境内。

二

太平美，最美是沟村。一片幽林清静地，一条涧水洗涤尘。入住似仙神。

三

沟村美，美在绿山坡。头枕黄峰高万仞，脚蹬湖水碧千波。身下壮山河。

四

沟村绿，绿道上罗金。两侧修竹青叶翠，四周蔽障茂林森。眉秀目清新。

注：罗金，黄山北麓的山峰。

五

沟村静，天籁鸟啾啾。栋栋民房藏隐秘，弯弯溪水响清幽。星夜月光柔。

六

沟村粹，植被是天然。沟壑潺潺泉水淌，草花郁郁果蔬鲜。不近化工边。

七

沟村好，四季靓风光。春到百花争怒放，秋来稻谷荡清香。冬爽夏苍茫。

渔歌子·了却公职十阕（龙谱）

一

了却公职琐事离，乐游山水不停蹄。乘高铁，坐飞机，行程扫码任东西。

二

了却公职已古稀，回眸惊骇路高低。行坎坷，竞阶梯，初心固守太执迷。

三

了却公职琐事离，游山览水伴清溪。闲煮酒，醉吟诗，篇篇赞叹壮年时。

四

了却公职已古稀，归根落叶拜宗祠。寻故地，忆童时，浓浓乐绪解乡思。

五

了却公职已古稀，功名从此永别离。约战友，会心仪，归真处处水流西。

六

了却公职近古稀，移居西苑伴莺啼。山郁郁，草离离，出门早晚露微曦。

七

了却公职近古稀，远离单位避嫌疑。一届事，一篇诗，人人自考尽职题。

八

了却公职近古稀，儿孙俗事你别提。风大小，路高低，依凭自己去奔驰。

九

了却公职近古稀，坐家敲字赋诗词。平仄仄，韵咿咿，腰酸肘痛不离机。

十

了却公职近古稀，巧逢中校那心仪。聊隐秘，笑诘疑：当初怎不点明题？

浣溪沙·参观颐和园慈禧寝宫

宝座雕龙正殿堂，钿螺镶兽玉屏墙。满庭金璧烁鎏光。
西套间中歇凤体，东厢阁里展奢裳。鼎熏鲜果漾清香。

诉衷情·悲情动漫城（陆游体）

为营动漫筑高楼，一扫贬职愁。十年沥尽心血，曦色亮前头。
谁料想，正职休，万般收。梦中花眼，忍看初心，逐水东流！

鹧鸪天·退休

本是农耕乡土娃，入尘哪晓世情杂。不防暗鬼摸天顶，自恃阳心闯海涯。
三落起，四甄查，经风未倒仍出发。站完最后一班岗，即退西山赏晚霞。

鹧鸪天·购农居

宦海沉浮望岸边，郊村野外觅栖安。出城四海西桥路，延路三山中坞园。

东万寿，北清泉，西连燕脉绿香山。几排屋舍藏烟树，隙地绕房种菜园。

鹧鸪天·农居

燕脉京郊四季霞，林荫深处有农家。门前两簇香椿树，屋后三枝白玉花。

青菜圃，柱篱笆，春来绕柱种丝瓜。心期归侍蔬园地，夕照余晖自品茶。

鹧鸪天·说遗憾

刘汉盟约留恨言，康熙要借半千年。初成只是生能立，继续难为死岂甘。

询历史，看人间，长河滚滚浪滔天。碎身滩岸无峰浪，峰浪消时不到边！

鹧鸪天 · 憾意深

真武真情真祭身，花园花谢落花魂。平生筑梦惊涛骇，一世修能憾意深。

人命短，日恒存，活着不做碌庸人。公职有尽时无尽，留下遗痕待辨真。

注：真武、花园，皆工作驻地。

鹧鸪天 · 惊梦

人自多情情自伤，老来还断少年肠。入魔走火无凭据，戏语童言亦纵狂。

人杳杳，意茫茫，黄昏暮路日绵长。梦魂夜夜惊呼醒，坐向馨城呓媚娘。

鹧鸪天 · 梦圆

莫道沧桑梦未圆，也曾体悟绊尘缘。而今放荡忱诗酒，从此逍遥效圣仙。

歌绿水，咏青山，驱车杖屦带霞烟。情归散淡何须逐，竟在清心山水间！

鹧鸪天·感苍翁

瑟瑟秋风过几重，银黄柏翠老枫红。漫山枯叶飘飘下，遍野香实味味浓。

惊季序，感苍翁，夕阳落地最鲜红。草花百日消无影，暮色萧森看劲松。

鹧鸪天·四月得孙

过六人生万事轻，无端频起盼孙情。三更喜讯五更至，五月预期四月生。

追立夏，带春风，给爷拜寿改时程。天来驹马落门第，有继家风心慰平。

注： 给爷爷拜寿，农历四月是爷爷寿辰；天来驹马，当年是马年。

鹧鸪天·过年

鞭炮声中过大年，天伦快乐是团圆。爷孙当户贴春对，母女下厨忙饭餐。

福满满，味甜甜，红包压岁旺孙钱。随屏舞动看春晚，微信开通互拜年。

生查子·人心

春归夏日来，万物蓬勃态。蒸烤汗倾流，厌热说天坏。
经秋又入冬，瑞雪冰封盖。转脸骂天寒，人性真难待！

苏幕遮·向晚登西山

意方闲，情未老。独上西山，迎面红霞照。酌酒三杯身内醇。血
热奔流，一路风光好。
岭高低，峰峻峭，恰似平生，起落峥嵘貌。一曲长歌终定调。唱
罢回程，笑踏来时道。

行香子·夜静思

夜静无声，月色微明。盏中茶、浓淡澄清。思飞万里，掠过平生。忆
乡中魂，军中影，途中行。
程程铺锦，步步履冰。攀阶梯、战战兢兢。稀年已逝，半世争拼。剩
故园心，嘉园泪，花园情。

注： 嘉园、花园，皆平生事业地。

忆王孙·夫妻异地打工

思卿日日盼今时，一夜缠绵晓又离。手扣郎襟理汗衣。似七夕，未了相思却更思。

踏莎行·瞒别

母搂儿眠，儿贴母睡，频亲额面终无寐。不觉更尽晓微明，老公示意抽身退。

慢启车门，轻挪座位。蓦然却见人一对。奶孙牵手立车边，绵绵举臂莹莹泪。

满江红·受聘《中青报》试用期满被辞感吟

文道如天，独阻我、行路不通。身子立、对天发问，跺脚捶胸。坎坷没完难称愿，得失皆是不由衷。更甭说、展翅上青云，争立功。

风雨柏，冰雪松；枫霜染，叶才红。愤怒心中抑，热血腾洶。度尽生涯泥漫漫，踏平学海水重重。待从头，扎进证学途，甘苦中。

鹧鸪天·雪后晴

雪后山河白玉坪，朝霞红日映新晴。金光闪耀长空亮，玉宇澄清爽气盈。

穹朗朗，地晶晶，神州无处不光明。天心剔透何能染，纵有污痕也洗清。

西江月·冬雪纷纷

入夜琼花谢落，田铺两尺银沙。明年料是好庄稼，喜看纷纷坠下。
晨起飘飘洒洒，白了海角天涯。崖头冰雪缀梅花，那是春光已乍。

卜算子·网购的烦恼

网购好千条，品质终难保。货物琳琅爆满屏，说是尖端好。
点点小微机，快递及时到。但见开包品位差，退否皆烦恼。

乌夜啼·清明祭

又到清明祭，思亲悼念先人。春风野陌吹花絮，飘落向坟墩。
遥望家山焚火，纸烟绕墓灰尘。匆匆寄客回乡路，千里为添坟。

清平乐·酷暑

不分早午，昼夜同蒸煮。坐卧淋漓湿褥裤，难耐人间酷暑。
记得年少曾经，伏天挥汗锄耕。烈日当空不惧，吆牛快步声声。

西江月·难回首

闯荡一生岁月，历经无尽风波。潮头浪里任消磨，五味谁能懂我？
回首惊涛骇浪，拼搏陷阱旋涡，追风赶雨仍蹉跎，一梦峥嵘掠过。

渔家傲·四季中坞园之春

中坞春来熏欲醉，暖风拂过花枝缀。满院泛青舒绿翠。蜂蝶会，吮香飞绕桃花蕊。
城外郊游人队队，笑声荡漾园中汇。粉黛争同花比媚。嚼春味，退休翁妪疯狂最。

渔家傲·四季中坞园之夏

坞苑夏来风景翠，莲花绽放荷塘媚。绿柳枝头蝉叫脆。天暴泪，一片蛙声如打擂。

雨过空晴霓彩绘，闲翁漫步精神粹。亭里纳凉听鸟汇。风暖昧，晚霞日日来相会。

渔家傲·四季中坞园之秋

中坞秋来多彩汇，湖波潋滟金风醉。翠柏红枫银杏媚。荷颜退，青干残叶枯憔悴。

翁妪游观黄稻穗，农机收获镰锋锐。风扫落英旋地坠。鸿雁队，南飞振翅声声脆。

渔家傲·四季中坞园之冬

冬饰坞园风景异，寒枝瘦影添情致。小径幽幽人独自。心晴丽，霜天冻地情无际。

一夜雪纷铺满地，银装素裹千般丽。鸟雀留痕枝上戏。寻食觅，喳喳欢叫添生气。

卷六

古风

一、军营焰痕深

离　家

脱去农装换戎装，豪情满怀出村庄。
肩负家国闯天下，壮志不酬不回乡。

贺同学结婚

喜闻学兄要成亲，山高水远自难临。
唯将今日友谊情，化作春雨洗征尘。

路　径

书山虽高有顶巅，学海穷处是岸边。
既非天才更无势，唯有发奋一线天。

自　勉

昔有一夜愁白发，今我通宵皱双颊。
愿以春容夜夜老，换得才华日日加。

无　题

天涯处处有芳草，哪里黄土不埋人？
乡中若无父母在，海角天涯抛此身。

过洛阳城宿金谷园酒店

朝至清秀洛阳城，千年古都有传承。
下榻金谷寻故事，朝发东站又启程。

注： 西晋大富豪石崇的别墅叫金谷园，又名梓泽，在今洛阳老城东北七里处
的金谷洞内。

茫　然

闷立凉亭望江天，不见长江旧时面。
人情多有冷暖时，常教稚者心意暗。

宜昌致钟山学友

扬子千柯又逢春，风帆猎猎牵我心。
情附一江秋水去，钟山脚下见故人。

遇连阴雨身困西安

九月长安秋意寒，独宿华阳夜阑珊。
辗转不寐难成句，更著窗外雨连绵。

注：华阳，即华阳旅社。

送战友复员

三载尘缘烙痕横，依依回首甚伤情。
今朝别后辰斗望，安得相逢诉曾经。

送女战友复员

军规严竣抑风流，今日复员喜且忧。
三年破灭多少梦，万里春风送行舟。

愁　消

　　丢失大额差旅费，回程列车上喝酒消愁，见"红旗车厢"竞赛，心情振奋。

夜饮消愁愁难消，忽见车厢赛旗飘。
回看失金忧何在？欣喜祖国正气高。

赠战友与初中同学之恋

少时初识闯入胸，渐逐童心情意浓。
几番风波热变冷，数次盟誓阴转晴。
情爱轰得春心绽，思念常惹梦魂惊。
恨断青山迢迢路，何日私语故乡中。

再赠战友与初中同学之恋

才赠热恋诗，又送断情词。
真假难识破，何如莫去思。

汇演结束后

同台竞艺结友谊，东风送客出宝鸡。
情激秦岭消逝快，意切渭河水流急。
身影已没迷雾里，去路还回骋马嘶。
只待诸君多努力，舞台再会定有期！

倾　吐

对卧通宵吐真心，如醉沙场落风尘。
我为遥途征战客，君是半道程咬金。
手足衣服何庸俗，理想功名才至尊。
明朝大笑西行去，我辈岂是旧文人！

中秋望月

面对高原中秋月，遥想故园父母心。
三春沐草泽恩重，十月怀胎疼爱深。
佳节团聚人不在，望子成龙路蒙尘。
倾尽六载思儿泪，洒向三晋盼归人。

赠月季花

一朝初见胜春芽，疑似冬梅傲雪花。
日日浇培细留意，月月绽放繁客家。
北域早有慕香者，南疆又现采蕊娃。
莫笑农人识技短，还从田园觅芳华。

注：月季也叫胜春花。

将赴太白山

春心初绽任自由，难识红颜坠红楼。
倾情寄托成梦幻，连日勤耕付东流。
此去清泾洗伤痛，折回峡口冲忧愁。
借问诗仙愁何解，秋风万里逆行舟。

注：峡口，黄河三门峡。

问　月

异乡寂寞有情痴，雪舞冰封断肠时。
瞻前顾后疑无路，思长梦短觉有知。
日行恍惚进餐少，夜卧辗转入眠迟。
遥问天边半牙月，待得团圆是何期。

仿鲁迅《自嘲》自勉

运交华盖更需求，改命只在多碰头。
纵横风雨闯闹市，独立沧海迎激流。
需饮酒时还饮酒，当高歌处便放喉。
走出小楼识时事，忧患作伴度春秋。

除夕遣怀

二十六年整，励志苦攀登。
一朝失晋地，罹难为真情。
除夕夜不寐，孤影对孤灯。
形影相吊处，仰首叹人生。
向南告父母，对北望前程。
父母心肝碎，前程云雾升。
关山愁重重，流水恨兢兢。
永怀心不死，拔足再长征。

除夕夜步韵

七尺男儿立乾坤，形影相吊卜今生。
廿六征途风兼雨，一载红尘爱生情。
稚心不识人间险，前功尽弃奖变惩。
抛却七载辛酸泪，洒向霜天洗路程。

悼念周总理

一

噩耗传来惊心神，举国老幼共沾襟。
昨日才悼董老去，今朝又哭开国臣。
神州夭折擎天柱，百姓痛失当家人。
前辈纷纷离人世，举帜接班靠咱们。

二

鞠躬尽瘁六十载，创业建国是伟才。
立志收拾旧乾坤，无私献身向未来。
党内楷模无双俦，神州人民共心怀。
谁道总理无后裔，八亿儿女动地哀。

悼念毛主席

一

晴空霹雳殒巨轮，人民泣血悼大恩。
一举红旗漫寰宇，万代伟业立凡尘。
当今几能称领袖，苍天唯有斗星辰？
日月同辉千秋照，与世长存在人心。

二

长空霹雳响惊雷，八亿神州抑巨悲。
誓继领袖宏业志，定叫人间尽光辉。
五洋捉鳖显奇手，九天揽月抖神威。
待到花开和平日，呈报忠魂凯歌飞。

二、北漂创业艰

漂泊京城

松江水连黄海浪，游子漂泊逐浪回。
富丽繁华首都好，奔走街头无业悲。
强龙难从涸泽起，土鸡易纵丫上飞。
今朝落魄君莫笑，可见淮阴受辱没？

高考落第

名落孙山朝夕间，此生又添几多难。
不图正名争利禄，只为求知夺华年。
十载动荡归正道，一生夙愿失机缘。
从兹踏上卧薪路，他日要笑燕门贤。

异乡除夕夜

栖身雪域到年终，异土他乡又一冬。
遥听父母思儿泣，又见高空过哀鸿。
功名未就马失足，再踏崎岖路几重。
梅花开在冰雪里，好事多行苦难中。

念　妻

天天在身侧，事事费口舌。
一朝娘家去，仿佛山已隔。
黑夜思共枕，白日忆君德。
急令传书燕，报与此心切。

赠杨臻君

军机阻断一年春，仍有旧营羽纷纷。
闻道诸朋封南柯，谁知我独困黄昏。
不以贵贱交朋友，未把输赢看本人。
无限伤心劫后语，回首当年独思君。

惜　年

襁褓不知世事难，立身方识创业艰。
少小无学恨四害，老大有志夺华年。
二十七载光逝去，七十二春水流还。
拼得此身精骨碎，换取名实在人间。

闻建国提干感语

当年落魄志未伤，萧瑟秋风走平阳。
云中加罪罚太守，京城面壁拒冯唐。
华夏金台随处有，人间伯乐不寻常。
君今虎变早有测，莫忘退我是女郎。

探亲回乡

凉风瑟瑟送接迎，京城回来思不平。
千里旅婚途中乐，百家做客座上惊。
村中父老说新意，学里朋辈叙旧情。
亲友不懂游子意，寂寞京城叹人生。

和小青除夕诗

春节收到小青高考落第诗，可见其情绪低落，和一首勉励前行。

爆竹声声送逝波，举杯开怀饮长河。
勤国俭家既有愿，文通剑熟定无格。
孙山后面才人众，金榜里头秕糠多。
征程深浅自然律，七十应唱太玄歌。

愤　诗

尽日撞钟多忧思，身在涸泽盼明时。
不学岗上叹不学，无知群里恨无知。
途穷纵不效阮哭，世艰总要赋愤诗。
忍看东隅消逝快，遥望桑榆不可期。

又是一年春节时

年年春节年年酬，逢场作戏几时休？
有意春风总不度，无心冬水却长流。
自酿悲剧终成曲，浅唱低吟春复秋。
读书识得人生苦，壮心何忍待白头！

无　题

怅望南风乱情丝，红肥绿瘦断肠时。
影来影去人无踪，若即若离梦有知。
恍惚白日进餐少，辗转黑夜入眠迟。
心猿踏入迷魂路，意马奔腾难自持。

卸任建安

风雨兼程十七年，亦非坦途亦非艰。
同室操戈小人大，肝胆相照挚友贤。
回首自知功与过，关心但看后争先。
留得壮心豪情在，宦海商潮浪击天。

辞别建安

感谢建安吾立身，青春绽放向昆仑。
砖石沙土磨心志，经管文法镀时金。
五百士唱俱乐部，三万言说企病根。
且尽一杯辞别酒，再挥血汗踏征尘。

去枣庄、徐州、连云港途中作

又出京门下江苏，盎盎春意溢窗厨。
欣看齐鲁千顷绿，神思中原万里图。
山河不改春秋序，人生多在风雨途。
易逝难得是机遇，奋不顾身莫踌躇。

喜闻王德俊主任升任档案报社长兼总编

闻道尊师又擢升，移职档报领航程。
机不与我失前冬，时却予君耀晚晴。
今朝无缘效麾下，他日有机再同行。
能以不才报知遇，如我心愿慰平生。

北戴河碧螺塔上观日出

碧螺塔上望日出，艳颊初露漫升空。
灯笼一盏跃海面，霞光万道射水中。
能戏太阳旋指掌，量收大海入心胸。
不惑已过知天命，潮起潮落不动容。

注： 游人在海滩日出时拍相片，手掌托着太阳，手指顶着红日。

与南风元诗翁共游金海湖山谷农家

我伴诗翁一潇洒，漫游山谷黄草洼。
登坡踏碎顽石滚，捉虫扑惊蝈蝈爬。
青峰酿乳汇金湖，溪流引客入农家。
童叟无猜共笑语，只缘出生皆村娃。

登高观金海湖

谷底望天不知面，欲识山湖上摩巅。
绿浪翻去连天碧，清泉汇来漫湖澜。
座座青峰山抱水，片片湖光水绕山。
王母误把银缸碎，散落人间使至然。

赠王钧

欲为女子起一歌，自古立业折最多。
举眼风光唯寂寞，满局职位独蹉跎。
妙质难为俗势得，知音总在高山坡。
劝君看淡沉浮事，莫把光阴付逝波。

问秋月

怅望星空绪乱思，残月秋霜断魂时。
形影不随无路达，若即若离有梦知。
白日恍惚进餐少，夜来辗转入眠迟。
衣宽只为望残月，待得月圆是何时？

改革开放二十年颂

三中全会梦初圆，春花秋实二十年。
改革滚滚创新路，开放滔滔易旧弦。
敢破计划入市场，融开公有注新函。
与时俱进求发展，继往开来是佳篇。

仲秋游镜泊湖

长白峰间山包水，丹江源头水绕山。
岩浆奔涌铸龙池，镜泊沧桑成自然。
游船驰水翻白浪，秋风拂岸抹黄颜。
品得湖鲫鲜美味，始信北国胜江南。

登茂名观荔亭

观荔亭上望荔乡，漫山遍野绿苍苍。
七万亩林越古今，六项居最冠中洋。
杨妃尝鲜遗佳话，江总育苗谱新章。
可惜此来非时节，不能把枝啖果香。

游广西北海星岛湖

碧水绕着青山流，星岛散落坐湖州。
搁纱偷闲走大地，轻身开怀驰小舟。
湖光影里思往返，山色晴空恋去留。
只待成业职尽日，戴菱披蓑再垂钩。

游武夷山

九曲溪长湾湾水，一线天高叠叠山。
玉龙谷里龙起舞，珍珠瀑上珠乱翻。
醉饮朝霞云窝处，解读红袍遗产篇。
精舍才是桃源地，览胜漂流学撑杆。

和朋友赠《梅颂》诗

颂梅一曲引清狂，倒转春秋妙时光。
飘飘洒洒来天外，真真切切到梦乡。
急索枯肠寻诗句，骤生灵犀感玉香。
忽觉茶饮减滋味，心头无端添惆怅。

步行上班有感

步出官门心扉开，撩开老腿未徘徊。
车龙人海比肩过，晨风暮云拂面来。
日趋十里除病痛，年复一年体不衰。
共图高峰大手笔，自娱新映小舞台。

新影三年梦

三年一觉产业梦，新影又添白头翁。
再燃今世青春火，要赢后身夕阳红。
岂因真武几叶秋，舍却花园半阵风。
更况官府饮食居，怎比人民动漫城！

初到阜阳二首

一

浅学少闻见识陋，不知阜阳是颖州。
更有西湖风光好，人文历史亦丰收。

二

冷春正月到颖州，驱车一览把诗收。
欧苏辟园积厚重，女郎高台说风流。
三桥三闸人文美，六亭六园景观优。
欲品西子真肤色，还待后人重饰修。

登阳台山看桃花

春风日丽看花来，双色怒放漫阳台。
远望白雪压枝缀，近观红朵满树开。
植桃貌胜山桃粉，山桃确赢植桃白。
若以桃花状人生，任凭风雨洗尘埃。

注：种植桃花是粉白色，野山桃花纯白色。

甲午春节与母团聚

四十五年苦飘蓬，甲午春节喜相逢。
融融家宴共笑语，烁烁灯影话亲情。
幼孙粉面乐桃花，老母苍颜笑春风。
诚知人间天伦好，悔恨半世过无声。

注：离家45年第一次与母亲过春节。

丙申清明扫墓

去年今日扫单坟，今年坟上祭双亲。
先人代代竟归去，清明年年雨纷纷。
无边记忆铭碑冢，不尽哀思化纸尘。
但愿冥府真如是，共赏阳春一片云。

战肠癌（三首）

（2015 年 12 月于肿瘤医院）

癌症袭来

古称古稀今不稀，未到古稀癌来袭。
值我动漫难产日，严霜暴雪欲杀之。
天教成业多磨难，人祸更助天灾敌。
你若不来状行色，谁给此生添彩奇！

生死若何

百岁人生终有期，堪用年华未可知。
但能真实走一趟，九长六短皆是诗。
幸有三年五载日，花红果实含笑时。
敢斗恶魔追极限，再活三十共乐之。

手术根除

不自量力恶肠癌，任尔横行何惧哉。
国有圣医胜华佗，心存天神佛如来。
肿瘤院里小伏击，手术台上连根裁。
出门再看京城天，万里晴空逃雾霾。

挥别 2016

伤情不过一五六，身心交瘁亲人走。
百岁人身三转折，且别壮年一挥手。

迎接 2017

晨起已是元日临，弥天雾霾恶煞人。
我以胸中阳一轮，迎接一七红乾坤。

青山对（两问）

俗子问：

闹市心已烦，进退又两难。
叩问青山子，我当何日还？

青山答：

时空本无限，翱翔哪得边？
心疲力乏时，立地即青山。

俗子问：

半世心酸路，欠债郁胸怀。
可待债务尽，轻身归山来？

青山答：

天清本无债，俗人自背来。
空心还空债，轻轻落尘台。

四、长句二十二首

为挚友旅行结婚送行

心送千里身送难，手握春风唱阳关。
岸柳轻吟叮咛语，山高水长祝平安。
春意虽浓多变化，冷暖有备带衣衫。
异乡水土多不服，各类药品要备全。
日行夜宿互照顾，上下车船相扶搀。
春宵一刻当珍惜，莫因无知酿不堪。
人地生疏情莫测，处处慎行与谨言。
生活事事想周到，赏景处处乐无边。
旅顺口处可怀古，国耻地上觅血斑。
蓬莱阁里游仙境，东海岸上看潮翻。
日出高眺秦皇岛，月悬漫步渤海湾。
北戴河畔处忧地，只需赏景莫流连。
阅尽山光共水色，陶醉世乐与人欢。
愿君开怀跑骏马，莫因痴人搅心烦。
须饮酒时且饮酒，当高歌处歌震天。
莫为经济自约束，千金散尽能复还。
我有五马金裘意，一片真心共醉酣。
今日送君壮君行，明日再进接风餐。

梦彩虹

听"海天恋"神话故事，思绪浮动，夜不能寐，遂入梦，追彩虹，上天池，与众仙共舞。

夜不成眠晨不起，梦见彩虹挂天际。
彩云作伴慢起舞，霞光引到天池地。
仙子托出玉琼浆，娥皇女英双双戏。
左右杯杯双入唇，缠绵醉卧云雾里。
一醉天海色澄清，生我混浊不自己。
人间大道千万条，独我撞在胡同壁。
二醉海天融相连，弃我凡尘望不及。
昆仑白雪兼天远，身陷泥坛水流西。
三醉彩虹铺天路，坎坷遥途无尽时。
天天葡萄期何达，涸泽淤心日迟迟。
四醉长梦不见醒，此情绵绵无绝期。
有心栽花总不活，无心插柳却萋萋。
五醉梦魂入云天，普天之下唯我痴。
痴人常做痴心梦，明知不达也不离。
长风万里送痴心，不知苍天知不知？

访海寿村

2011 年 7 月 2 日赴广州佛山南海的九江镇考察珠江支流西江口处的海寿岛，当地称海寿村。听说该岛是广东佛山地区的一块净土，仍保持原始农耕风貌。经实地考察，果然如此。

一

三山守水岛，一江绕绿洲。
珠水共生存，南海与同俦。
方圆三千亩，宽长一叶舟。
水田划经纬，土堤围四周。
农户几百家，村民两千口。
池塘鱼打花，菜园瓜垂首。
门前芭蕉黄，屋后柚如斗。
田堰跑顽童，狭径走老叟。
新奇椒成树，惊见面模牛。
进访农家院，户主乐悠悠。
询问家常事，翁妪笑眉头。
儿孙有出息，飞出山水沟。
翁喝井水甜，不愿出外谋。
拉我观乡景，登上二层楼。
极目循环视，十里一望收。
远山巍巍翠，近水滚滚流。
四岸喧嚣闹，唯有脚下幽。

二

晚餐江边宴，酌酒船上楼。
殷勤老板娘，下船笑迎酬。
双肩背幼子，两手抓鹅头。
笑问客来处，京城到此游。
蛮语明半意，热情满船悠。
品鱼任客取，烹菜取自由。
席上鱼虾动，船边江水流。
景美饭菜香，心舒酒味优。
客有雅兴者，桌边垂钓钩。
眼盯鱼浮漂，口含瘦肉粥。
起钩一声叫，江鲤桌上丢。
咬钩鱼乱蹦，菜汤溅四周。
溅汤惊四座，尖嚣叫不休。
鱼去人自散，酒足兴尽收。
忽见日下山，余晖收江鸥。
入夜岛村静，隔岸灯火稠。
急急向渡口，为赶末班舟。

腾冲热海

一

九月到腾冲，不见杜鹃红。
满目青山秀，峰入白云空。
驱车到热海，空气暖融融。
下榻美女池，居和神仙同。
抬头天局囿，面壁绿帷穹。
顶上白云飘，足下溪流淙。
林幽闻啼鸟，草茂听鸣虫。
原始天然谷，温泉漫山中。
仙女下凡来，佳人洗玉容。
瑶池落人间，我亦来匆匆。

二

越过美女池，便是珍珠泉。
小珠如滚豆，大珠似月圆。
大小参差舞，珠珠落玉盘。
珍珠如姊妹，合为神女冠。
姐姐喷琼浆，妹妹吐云岚。
谷鸣泉水哗，击鼓扣和弦。
更有怀胎井，并列双子颜。
传说饮此水，能保子孙全。
潺潺日夜流，泉华结成团。
泉泉有佳话，日日客流连。

三

翻过小山坡，惊见大滚锅。
圆形六尺径，水深半丈多。
汤沸近百度，滚滚翻漩涡。
热气扑面来，十米暖心窝。
屠夫见必喜，此锅能屠猪。
锅边有气池，蒸汽汩汩出。
池口圆似井，扣盖作蒸炉。
滚锅煮鸡蛋，蒸炉蒸蘑菇。
谷物皆可煮，游人购未足。
有幸来体验，今生活不俗。

四

泉区蛤蟆嘴，热海最奇雄。
急瀑高冲下，峻谷似雷轰。
泉池连成片，水流响淙淙。
遍崖热水泉，缕缕雾升空。
瀑旁有奇观，九蛤集一丛。
嘴喷白玉柱，头缠硅华虹。
九柱冲天上，九条升天龙。
龙腾风带雨，茫茫云雾中。
袅绕云千态，氤氲气一泓。
伟哉徐霞客，探险第一功。

五

日落秋气爽，周山幕遮颜。
深谷溪声远，浴场灯阑珊。
沿池布红烛，闪闪成曲滩。
依树挂灯笼，烁烁红一团。
夜浴客人稀，情侣入池欢。
切切私语时，魂销在九天。
三两单身客，浴后歇池边。
爽风宜身懒，躺椅逐人弯。
仰面望星空，凝神思洞仙。
餐风饮露宿，飘然入梦田。

2012 年 9 月于腾冲

丁酉年携全家在珠海横琴度春节

金猴倏忽过，雄鸡报晓歌。
不恨光阴短，日月是穿梭。
宦海行到岸，动漫止了戈。
芳华感岁序，亲情入梦河。
厌吸千寻霾，欲饮万顷波。
携伴挈儿孙，飞驰到南国。
珠海横琴岛，长隆欢乐窠。
鸡鸣惊涛曲，我闻天伦锣。
观看飞马戏，举孙骑爷脖。
夜阑人声沸，扶孙逗企鹅。
融融年夜饭，笑看小酒窝。
一夜分二年，海风吹浪坡。
儿孙添新岁，我增白发多。
报国终有尽，一生多折磨。
力尽沧州身，动漫又蹉跎！
人退话语轻，蹉跎又奈何！

注： 退休后被返聘任顾问，继续做动漫城项目建设收尾工作。

我是药神仙

六五过后医保健，多病伴身药神仙。
眼干耳聋鼻过敏，房颤甲减慢喉炎。
肠瘤切后生梗阻，梗阻因炎至肠残。
萎缩肠化溃疡胃，前列腺厚肩骨寒。
可夸三血都不高，更有精神一如前。
饥餐渴饮与病药，依存终身命相连。
三位一体本同源，殊途同归为延年。
肩背药箱走天下，春风细雨润心田。
病寿辩证统一命，药伴余生别样鲜。

我爱金月湾

我爱金月好，苍茫野海边。
万里海面阔，满目浪花翻。
后浪推前浪，前浪碎沙滩。
长滩抱大海，浪潮吸胸间。
滩倚森林峰，峰坡向海延。
海边望日落，晚霞映满天。
波涛接天涌，霞光泛红澜。
野韵金月姿，悄然靓海南。
建设旅游岛，贡献一姣妍。

东方夜明珠——索契酒店

东方多美女，养在西海滩。
家贫人不识，况味纯天然。
中有娇娇妹，名称金月湾。
金月初及笄，姿色诱群男。
上合组织者，倾情恋海南。
打造旅游岛，开发是美谈。
推出索契哥，连理金月湾。
契哥携金月，创作处女篇。
占地三千亩，建筑百万三。
豪壮夏威夷，贵似迪拜颜。
东方立明珠，三点一纬牵。
十万主楼座，岿然作新盘。
功能超五星，豪华冠宇寰。
上合众国家，纷纷设论坛。
定期开年会，奏响全世界。
北上连一路，出海接一带。
明珠闪烁烁，东方添异彩。
新月已高挂，众星捧月来。
东方天欲晓，日薄红霞开。
并蒂三亚莲，仰首好抒怀。

注：东方，海南省东方市。

文艺老兵聚会马鞍山

为了离散情，相约聚马钢。
战友四方来，激情荡大江。
乍见久拥抱，握手细端详。
眉眼飞泪花，纵身雀跃狂。
急语话当年，别后问短长。
难得一相聚，再示老本行。
登台沙奶奶，缺少郭建光。
李玉和上场，鸠山无人装。
单口说相声，搭档不成双。
合奏乐器少，独奏亦无妨。
人人展歌喉，还显高音王。
最亮大合唱，黄河吼铿锵。
人员虽不齐，激情却昂扬。
触景自回首，思潮如脱缰。
为展平生志，请缨建国防。
饮马黄河口，挥鞭上吕梁。
南下马鞍山，征战钢铁墙。
酷爱文艺业，青春梦飞翔。
不畏勤学苦，拼得技艺强。
汇演聚宝鸡，决赛受表彰。
兵种获第一，脸蛋放光芒。
同吃一锅饭，共挤大通床。
进山下部队，学艺走八荒。

形影不相离，龃龉也相帮。
年轻故事多，拿来陪酒觞。
盘盘端上桌，道道皆浓香。
倏忽四十年，分散各炎凉。
为国立功业，各自有辉煌。
峥嵘岁月过，儿女或成行。
奉献一青春，收获两鬓霜。
人生无再少，老年若夕阳。
欢聚能几回？珍惜在心房。
明朝又分手，难以入梦乡。
聚散情未了，再别更感伤。
试问张队长，明年约何方？

访丹江口水库

家用丹江水，不识丹江面。
千里寻丹江，急急思相见。
下了黄鹤楼，直奔丹江岸。
车驱三百里，终于将手攥。
连问丹君好，经年涝耶旱？
丹君情不已，请君慢慢看。
身体如壮汉，神态更精干。
欲知沧桑事，驱车上云端。
伟哉三千米，壮哉两百旋。
孕育十五载，坝龄四十三。
成长多磨难，如今正壮年。
昔日筑大坝，红旗飘满山。
襄荆加南阳，民工是大观。
锹镐装木船，泥框和扁担。
秉烛夜继日，人欢车马喧。
工具虽简陋，干劲使不完。
莫道愚公愚，心齐胜昊天。
苦战十多载，大坝立江澜。
汇聚汉丹水，百亿蓄一潭。
亚洲第一池，水域千里环。
水害变水利，五利皆俱全。
灌排电养运，福泽亿家园。
凸显发电能，六台百亿量。

供送大华中，万家灯火亮。
工商齐发展，山河同变样。
转看库区北，灌渠通北向。
中央发号召，南水要北航。
东中西三线，殊途到中央。
丹江新贡献，中线独承当。
老库再扩大，流域千里长。
库容增百亿，坝高加五丈。
渠首设陶岔，移民十万上。
新建闸坝基，龙头立高岗。
引出丹江水，秒速日夜涨。
滔滔出库区，高歌向北方。
掠过伏牛背，携手过太行。
并行京广线，黄河架桥梁。
穿越两河津，蜿蜒到京乡。
直入昆明湖，湖畔建库藏。
输血全京城，生活有乳浆。

注：家用丹江水，南水北调中路工程北京的蓄水池与我家住区只有一墙之隔。

五十年后回母校忆贤师

一别母校一生情，桃李春风忆贤能。
悲情绝代朱校长，承启凡平沈继明。
物化两徐曹家翰，文曲二王周龙兵。
严规名副赵章宪，三角宗纬陈先生。
语貌不哗朱树华，温文尔雅杜泽清。
机敏没过宋功禹，运球无敌石方冲。
情谊最思张全喜，敦厚难忘汤虎生。
一代名师亮校园，各领风骚史留名。
师魂铸就名校魄，底蕴恢宏耀前程。
有幸学入黉门子，推波一生浩荡行。

注：物化两徐，是物理、化学教师徐乾、徐承佑；文曲二王，是语文老师王子思、王乃安。

拜谒汉皇刘邦祖墓

金刘寨唱大风歌，高祖庙像舞嫦娥。
华夏弘扬汉文化，草根开创帝先河。
齐家治国平天下，耀祖兴宗立高阁。
姓氏皆因身名贵，普天太多刘姓哥。
有幸生在汉刘系，不想沾光也没辙。
祖宗留下有家谱，梓溪堂是近支叶。
上溯断代不到头，说是刘秀到刘彻。
真真假假寻根戏，我也顺便来拜谒！

注：刘邦祖籍地在江苏徐州沛县金刘寨。

不曾知道的赤峰

赤峰美名缘何来？红色山峰惊世骇。

沃土沙漠衔接处，天合交融有神彩。

千年沧桑遗痕迹，改革春风换穿戴。

改造旧城翻历史，建设新城超现代。

精雕细刻高大上，规划布局整齐排。

玉龙大道有一比，恰似长安移过来。

城内外连路畅通，奔驰纵横真快哉。

人民生活风俗融，满汉形象分不开。

城区四方镶绿洲，森林公园一块块。

烈日高照有绿荫，如入桃源在塞外。

心清气爽凉风至，不见沙漠热无奈！

注：玉龙，即赤峰市中心大道玉龙大街；长安，即北京长安街。

卷六 古风

兴安岭黄岗梁石阵

盘道上黄岗，观看石阵墙。
左边草萋萋，右边林茫茫。
车沿分水谷，盘至岭上方。
绝层黄岗岭，岭岭石阵成。
石阵由何来？地壳有降升。
高矮都入镜，顾盼各相迎。
生成蘑菇状，叠成连体人。
层层积书山，叠叠聚宝盆。
层层叠起摩天柱，叠叠垒入白雾云。
层层叠叠乘浪船，叠叠层层飞巨鲲。
千姿百态展风貌，鬼斧神工显精神。
增色兴安岭，藏身在森林。
壮哉大自然，伟哉祖国魂！

揽海阁上望向海

　　揽海阁是耸立在向海东湖和西湖之间的一个瞭望塔。登上塔顶可以巡视瞭望整个向海湿地全貌，清晰地俯瞰脚下东西湖和南北沼泽地面目。

揽海阁上望向海，绿茵水光云天外。
湖泡河汉星罗布，沙丘榆林草覆盖。
榆围东泡绿映水，夕照西湖放红彩。
南泽蘑林碧无穷，北沼芦苇原生态。
鹤唳雁鸣天籁声，鸭戏鱼游物自在。
绿染层林织锦缎，云吞域水腾气派。
兴安雄溢三经乳，润育辽原花不败。
始信人间有仙境，鸿飞鹤聚在向海。

注： 蘑林，黄榆树生长的形状像蘑菇。

查干湖之夏

水波潋滟查干湖，松辽大地一明珠。
湖域连天四百里，绿苇套色八卦图。
沟沟岔岔荷花放，契丹岛上百花橱。
青天穹下云闲飘，湖面水中影随浮。
湖空翱翔百鸟追，湖底漫游千鱼逐。
忽然一阵乌云雨，烟锁水面帘珠舞。
东隅日出天地晖，芦荡沼泽蒙红雾。
桑榆夕照满江红，水天相映铺彩路。
粼波湖上渔民忙，封湖放苗养冬捕。
游船码头人鼎沸，轻艇穿梭停不住。
环湖大道任驰骋，车水马龙游人度。
水产旅游双丰收，养育松辽人民富。

注：查干湖水域面积 400 平方公里。

站在月亮泡水库大坝上

洮儿河上月亮泡，天倾银河水滔滔。
流域盘桓三千里，坝体横贯六丈高。
蓄满琼浆十亿上，灌溉良田万亩遥。
春来花开红蓝紫，禽鸟翻飞忙筑巢。
夏至旭日冉冉起，湖光瑟瑟泛红潮。
秋晚夕阳染彩云，水天对映两相照。
冬捕撒下冰窟网，白雪网中看鱼跳。
四季轮转各特色，年年丰硕竞献宝。
松嫩草原亮明珠，真给祖国绘面貌。

游览老边沟

壮美辽东老边沟，碧水青山白云悠。
九曲涧沟绕山外，十条林径达峰头。
涓涓细泉岩中出，哗哗清溪石上流。
绿荫块块皆似画，野径条条都通幽。
更有花丛怡情性，可立林渊放歌喉。
今日身临需尽兴，平生难得几回游。

游览关门山

走进关门山，森林望无边。
车沿绿隧道，人行曲桥滩。
阳光透密林，抬头见天难。
溪随山谷转，路径逐溪弯。
衫松蹿入云，红枫张如伞。
灌木密丛丛，溪水流缓缓。
春来花竞发，点缀美女颜。
夏至凉风爽，林中无日炎。
秋天染金体，红黄色斑斓。
冬日素裹装，茫茫大雪原。
时值初秋季，风景最宜闲。
出没多动物，野猪和熊獾。
飞禽数百种，走兽有千般。
白日看不到，隐藏在山间。
游人须自警，禁线不可偏。
近处有佳景，奔腾足够玩。
天然绿广场，高松排列严。
间距几相等，犹如象棋盘。
树身挂吊铺，男女荡秋千。
欲想小歇息，卧躺当摇篮。
闭目听天籁，赛过活神仙。
双双有情侣，倚靠树缠绵。
顶顶野帐篷，鸳鸯对对眠。

朵朵童子花，嗷嗷撒狂欢。
奔跑捉蝴蝶，倾身扑金蝉。
个个心陶醉，人人步流连。
生活在回归，呼吸大自然。
动植人共存，生态竟保鲜。
归来出山林，频频回头瞻。
游兴尚未消，落落慢趋前。
待到秋十月，再来看层峦。
还吟秋色赋，高歌关门山。

游天然氧吧绿石谷

绿石谷是绿色谷，山绿水绿石头绿。
块块石上长绿苔，片片山坡生茸绿。
绿水流过绿石头，日复一日石更绿。
天雨洗涤绿茸坡，年复一年坡更绿。
绿天绿地绿山空，孕出天然氧气郁。
负氧离子超六万，润身养肺仙子浴。
劝君莫忘绿生活，偷闲来作绿色旅。

观南极冰雪赋

我乘巨轮破浪行，久梦成真到南极。
初识南极面目真，更叹南极冰雪奇。
大海拥抱众雪山，白雪皑皑覆冰川。
极目无涯白世界，日照雪海银色天。
群峰海拔三千丈，半入云端半海间。
云里云翻露峥嵘，海山出海结冰原。
雪岭连峰推雪浪，雪崖惊见鸟飞翻。
天然冰雕高千尺，散落海面万姿态。
忽见冰雕泛绿光，告曰冰龄百年色变怪。
又现冰山透蓝色，说是千年不融老冰骸。
千年万载冰不化，分子反应出异彩。
倘若深入极寒处，光怪陆离人惊骇。
夏来南极渐升温，冰海裂开聚冰块。
升温不肯过零点，冰块堆积互相踩。
大大小小推不动，密密麻麻呈气派。
企鹅蹿上大冰川，扭扭捏捏慢摇摆。
海豹横卧晒太阳，哼哼唧唧好自在。
呜呼，冰排不融海不澜，巨轮陷入烂泥潭。
前进不敌众兵力，久停又怕暴雪残。
搏风斗雪知规律，转入港湾待机缘。
一旦风息红日出，巨轮缓缓再向前。

注: 冰川冰山超过100年不化的，其颜色变绿，超过千年不化就由绿变深蓝。极寒处，南极气温极寒点达到零下九十摄氏度以下，其冰色更深蓝墨！

2019 年 12 月

后　记
——迟圆的梦

　　我的第一部诗词选集终于定稿，可以说它的问世在一定程度上消除了我一生的遗憾，圆了今生梦。

　　我喜好文学创作，但这一生就没有正经干过自己所爱好的文学事业。农民、战士、建筑工、文秘书、党务、政府官员、后勤管理、企业高管等都干了，唯独没有文学创作的机会。一路走来，常常不务正业、偷偷摸摸地写点打油诗之类，试图改行干专业，但总是"有意栽花花不发，无心插柳柳成荫"。申请不断地交，挫折不断地遭，职务也不断地升，就是脱不开政企事业、后勤服务岗位。不能如愿，为此耿耿于怀。直到2020年5月，带着这个遗憾从工作岗位上彻底退了下来。看到年轻时曾和自己一起学创作的战友、文友个个都功成名就，戴着作家、诗人、总编的头衔，顶着一部部大块头的著作享誉中外，安度晚年，而看看自己，延长了工作年头，弄得狼狈不堪，一路坎坷，一地鸡毛。心中郁闷啊！早先还想着：到点退休，怎么也能再活个一二十年，到时埋头苦干十年，争取写出一两部像样的书来！谁料想，到点不但没退下来，一个没人接收的烫手山芋，让我苦苦地多抱了九年，最终落得个多病缠身。体力精力都极大地下降，哪里还有写大部头书的力量。

　　但是，爱好是刻在灵魂褶皱里的纹路，无论岁月如何冲刷都难以磨灭。在临退下来前后，恰又遇上全国兴起写格律诗词热潮，诗词协会、公众号、群聊、微刊，雨后春笋般地诞生。我也就不由自主地加入了这股潮流中。心想，写不了大部头文章，就写点小杂耍过把瘾，或许也能圆了文学创作梦。可真正深入学写诗才知道，格律诗词可不是小杂耍，绝不是自己以往照猫画虎、照葫芦画瓢编的顺口溜。它是一门深学问、高艺术的国粹。它是文学、语言文字学、声韵学、音乐学、声学、美学等学科的混合体。不下一番勤砺苦，难得几朵艳花开！

网上学习之前，大概是2018年左右，我自己自学过一段时间。反复看了王力、启功的格律诗词教科书。文字大概能看明白，但却写不明白，迟迟入不了门。所以后来就决定入诗群、上网拜师学习。这几年，先后拜师三位诗词名家。第一个就是我们《千家诗词》主编、中诗协副会长郑万才老师。听了他全套诗词讲座，面对面教学，边学边写，不耻下问，才逐步地入了门，陆续地写出了一些符合格律的诗词来。第二个是东篱诗社社长、微刊《新韵潮头》主编王东篱老师。听了她一年课程，取得结业证书，完成作业诗词百余首，诗词质量上又提高一大截，特别是学会填词。第三个是中华诗词学会副会长、北京诗词学会会长褚宝增。目前正在褚会长的两年制深造提高班进修，明年初结业。经褚会长一对一、面对面地指点传授，感觉如入汪洋学游泳，畅快淋漓。褚会长点石成金，吐出字字句句皆是金丹玉珠，滴水见大海。经过与三位老师边学习边创作的过程，才使自己诗词创作趋于成熟。2024年经专业审评先后顺利地加入了北京诗词学会、中华诗词学会。

从2020年到2024年底，匆匆五年，我以只争朝夕的干劲写了近1500首格律诗词，平均每年300首左右。同时在掌握了格律诗词基本知识后对自己以前瞎涂鸦写的那些所谓诗，翻出来进行审视、修改。

截止到2019年，往前推半个世纪的业余时间里，各色各样、长长短短的顺口溜、打油诗我也写了近400首。知道水平不高，长年压箱底。现在翻出来进行审视，也增长见识。诗与文章的根本区别就是一个"韵"，押韵叫诗，不押韵是文。而我那些诗最大问题就在押韵，普遍存在两个问题：一是用韵不分平仄，混押，不懂古典诗词用韵非平即仄，或有规律替换；二是不分韵部用韵，如舌前音和舌后音、鼻前音和鼻后音混押。简单说，就是不知诗词韵部，依方言口音顺口押。老师说我的这些诗形式问题明显，但内容优点也突出：诗的灵魂是情真意切，而这些诗都有灵魂，都是在遇到成功高兴或失败烦心事，受到打击、遇到挫折时，从内心喷发出来的声音。押不押韵都是真情实感。如果把韵押对了，文字表达美丽了，就是好诗！我投入了很多的精力和较长的时间，对以前的近400首诗稿进行了审视、修改、整理：少数能符合格律诗词的归到了格律诗词中；多数都按古风规则修改归入古风类；和古典诗词搭不上边的就只能归现代自由体了。

截止到2024年底，包括修改2019年以前的400首，我已经创作古典诗词近2000首。和大师们及诸多名家比，自然微不足道，但对我来说也算是颇丰了。从2023年开始就蠢蠢欲动想出版一本诗集，一直犹豫，怕质量不高拿不出手。到2024年下半年，在老师和诸诗友的鼓励下才下手选编。2000首中除专线游览的近600首左右外，还有约1400首。我从中选出850首纳入此选集，内容侧重于自己的生活、工作、仕途经历及人生感悟，还有部分览胜作品。大部分游览作品没入选，计划再单出一部游览诗词集。

稀龄已过，耄耋道中完成此开篇诗词选集。尽管来得太晚，但终竟是圆了自己诗人、作家的梦，正如我七绝诗言：余岁更得吟唱乐，死留诗赋并非空，足够聊以自慰！

算起来，我爱好诗词的时间也不算短，但真正明白的写诗时间却不长。所以，此诗集水平不会高，瑕疵不会少。抛砖问世后亟待各位诗友、老师、读者朋友的拍砖，提出宝贵意见，以进一步提高今后的诗作水平。

同时，在成书过程中得到我的各位老师、诗友的指导帮助，文化公司的黄莽主编的精心策划编排，在此表示诚挚的谢意！

刘成浩

2025年2月28日

'01 1 25